DUZHE CONGSHU

国家记忆读本

飞翔，是我的姿态

读者丛书编辑组 / 编

读者出版传媒股份有限公司
甘 肃 人 民 出 版 社

图书在版编目（CIP）数据

飞翔，是我的姿态 / 读者丛书编辑组编. -- 兰州：甘肃人民出版社，2019.3（2020.7 重印）
（读者丛书. 国家记忆读本）
ISBN 978-7-226-05424-6

Ⅰ. ①飞… Ⅱ. ①读… Ⅲ. ①散文集—中国—当代
Ⅳ. ①I267

中国版本图书馆CIP数据核字(2019)第038768号

总 策 划：马永强　李树军
项目统筹：李树军　党晨飞
策划编辑：党晨飞
责任编辑：张　菁
封面设计：久品轩

飞翔，是我的姿态
读者丛书编辑组　编
甘肃人民出版社出版发行
（730030　兰州市读者大道 568 号）
永清县晔盛亚胶印有限公司印刷
开本 710毫米×1000毫米　1/16　印张 15.5　插页 2　字数 229 千
2019年3月第1版　2020年7月第3次印刷
印数：12 016~21 075
ISBN 978-7-226-05424-6　定价：32.80元

目 录

CONTENTS

阅读的最大理由是摆脱平庸

余秋雨

我出生在一个偏僻的山村，这儿的人都不识字，妈妈从外面来了，她是这儿第一个识字的人，此后办起了识字班、学校，学校有个图书室，书不多，老师定下一个苛刻的制度，要写100个毛笔小楷才可借得一本书。读书使人认识了外面的世界，现在我们家乡的人已经很富裕。

有人认为一个人的成功是靠社会关系、机遇、方向的正确选择等等，我认为这些都是次要的，我觉得，很多时候是一个人偶然看到的几本书，从这些书里面的某些地方获得了力量，从而把他拉出了平庸。只要跨过山坡，人生就不一样了。

努力读第一流的书

读书的横向并不最重要，纵向才是重要的。所谓横向就是指各个专业，理工农医等；所谓纵向就是指梯度，所谓的一、二、三流。各学科的最高等级都是合在一起的。

像爱因斯坦去世前，有人问他感到最遗憾的是什么？他说的不是再也不能研究相对论了，而是说再也不能欣赏莫扎特了。

从事什么专业并不重要，关键是要找最高等级，要寻找“山顶”，“山顶”也许永远不会到达，但光辉会一直照耀着你！

看和自己有缘分的书

有人认为自己出生的地界、国家等等会决定自己的喜好。其实是错误的，出身并不决定你和什么有缘分，也就是和谁有同构关系。文学无国界，文学是不等同于社会学的领域。比如，安徒生是丹麦人，丹麦语也是一个小语种，但世界上很多人都喜欢他的作品。所以，你可能喜欢欧美的、日本的作家，也可能喜欢非洲的。在阅读中寻找和自己有同构关系的书，其实，也是在寻找自我。

阅读的最大理由是想摆脱平庸。一个人如果在青年时期就开始平庸，那么今后要摆脱平庸就十分困难。

何谓平庸？平庸是一种被动而又功利的谋生态度。平庸者什么也不缺少，只是无感于外部世界的精彩、人类历史的厚重、终极道义的神圣、生命含义的丰富。他们失去的这一切，光凭一个人有限的人生经历是无法获得的，因此平庸的队伍总是相当庞大。黄山谷说过：“人胸中久不用古今浇灌，则尘俗生其间。照镜觉面目可憎，对人亦语言无味。”这就是平庸的写照。黄山谷认为要摆脱平庸，就要“用古今浇灌”。

只有书籍，能把辽阔的空间和漫长的时间浇灌给你。能把一切高贵生命早已飘散的信号传递给你，能把无数的智慧和美好对比着愚昧和丑陋一起呈现给你。区区五尺之躯，短短几十年光阴，居然能驰骋古今，经天纬地，这种奇迹的产生，至少有一半要归功于阅读。

如此好事，如果等到成年后再来匆匆弥补就有点可惜了，最好在青年时就进入。早一天，就多一分人生的精彩；迟一天，就多一天平庸的困扰。青年人稚嫩的目光常常产生偏差，误以为是出身、财富、文凭、机运使有的人超乎一般，其实历尽沧桑的成年人都知道，最重要的是自身生命的质量，生命的质量需要锻铸，阅读是锻铸的重要一环。

（摘自“搜狐网”，2019 年 1 月 17 日）

在改变的时代改变自己

俞敏洪

触屏技术是诺基亚第一个发明的，比苹果早很多，但为什么智能手机没从诺基亚出来？因为这与原来的团队基因相抵抗，当整个团队已熟悉原有的运作系统，并且可以靠原来那一套拿着很多钱过得很舒服时，你让他们改变非常难。

改变有两点：第一，让人重新动脑子。动脑子不是想吃什么饭，穿什么衣，而是变革自己和变革正在做的事情，想出新的做法，革自己的命。试问，有多少人在重新动脑子？人的惯性思维是非常严重的。第二，就算意识到要重新动脑子后，行为上能不能改变？这也不太容易。就算个人行为能改过来，当你还有一个团队时，你能不能把整个团队的思维改过来，这依然是件难事。整体的改革必须被绝大多数人接受才能够成功。

在改变的过程中，你可能失去了很多机会，眼看着一批批新生代把你超过去。诺基亚就是这样被超过去的，苹果将来也会这样。所以我现在做好了准备，宁可在改革的路上死掉，也不愿死在原来成功的基因里。

这个世界不断在变，但有些东西你不能变。做一件事时，你必须要考虑是否热爱这件事。我从来没有发现一个人做一件事情就只是为了赚钱，最后还能够做得特别成功的。你做的事情自己一定要从心底认可，有信念的人面对失败和挫折时不太会轻易放弃。

商业背后是一切人类愿意接受的原则。不要一想到商业，就想到互相欺诈、互相骗钱，会有这样的情况，但更多的是创造价值。只有创业家、企业家越来越多时，中国社会才能真正转型。

我建议大家有几个心态：

第一，不要怕生生死死，做任何事情只要命不丢就行了。你来到这个世界的时候就是赤裸裸的，你怕什么？

第二，缺什么东西就去要，就像看见喜欢的女孩就去追，追不上是你运气不够，但是不追会一辈子后悔。当年，我最不起眼的学生跟我要资源，第一次时，我不回信。可到第五次时，我必须回信，要不然良心过不去。这个世界上 95%的事情，只要有勇气和胆量，加上“死不要脸”的韧劲就能成功。

第三，紧跟时代，否则不管你做的事情多么牛，多么好，都有可能失败。比如开书店是一个理想，但书店都没有办法经营下去了，它们跟不上这个时代对于新商业模式和新需求的呼应，跟不上就只能退出历史舞台。我现在最担心我跟不上时代，但是我一直在努力。

最后，变革自己。不要指望任何人，能挽救我们的，只有我们自己。

（摘自“新浪微博广州校园”，2013 年 11 月 19 日）

中国二代们

梁晓声

“这是一个最好的时代！这是一个最坏的时代！”

这是狄更斯小说《双城记》的开篇语。那么，当下究竟是一个怎样的时代？作为一个民族的希望和未来的青年又拥有怎样的心灵？

“富二代”：“不差钱”比赛

“富二代”通常被认为是这样一些青年——家境富有，意愿实现起来非常容易，比如出国留学，比如买车购房，比如谈婚论嫁。他们的消费往往也倾向于高档甚至奢侈。

而“二世祖”是南方民间对他们儿女的叫法。由于有了“二世祖”的存在，所谓“富二代”的界定难免模糊。“富二代”和“二世祖”们一样，他们往往也拥有名车，但他们的家庭资产分为有形和隐形两部分：有形的已很可观，隐形的究竟有多少，他们大抵并不清楚，甚至连他们的父母自己也不清楚。

我的一名研究生曾幽幽地对我说：“老师，人比人真是得死。我们这种学生，毕业后即使回省城谋生，房价也还是会让我们望洋兴叹。可我认识的另一类大学生，刚谈恋爱，双方父母就都出钱在北京给他们买下了三居室，而且各自一套。只要一结婚，就会给他们添辆好车。北京房价再高，人家也没嫌高过！”

如此这般的“富二代”，他们的人生词典中，通常没有“差钱”二字。他们的家长尤其是父亲们，要么是中等私企老板，要么是企业高管，要么是操实权握财柄的官员。倘是官员，其家庭隐形的财富有多少，他们确乎难以了解。他们往往一边享受着“不差钱”的人生，一边将眼瞥向“二世祖”们，对后者比自己还“不差钱”的生活方式、消费方式很不服气，故常在社会上弄出些与后者比赛“不差钱”的响动来。

当这批“富二代”具有优势甚至强势话语权后，是会站在他们一向依赖并倍觉亲密的利益集团一方，发挥本能的维护作用，还是会比较无私地超越那一利益集团，站在社会公平和正义的立场发出符合社会良知之声，就只有拭目以待了。

“中二代”：精神贵族的挫折感

在世界任何国家，中高级知识分子家庭，几乎必然是该国中等收入家庭不可或缺的成分。少则占 1/3，多则占一半。

然而近年来房价的飙升，使中等收入家庭的生活状态大受威胁，心理也带有明显的挫败感。

仅以我语言大学的同事为例，有人为了资助儿子结婚买房，耗尽二三十年的积蓄不说，儿子也还需贷款一百余万，沦为“房奴”。所买却只不过是八九十平方米的住房而已。

他们的儿女皆为当下受过高等教育的青年。这些青年成家立业后，原本最有可能奋斗为中等收入人士，但现在看来，可能性大大降低了，愿景极为遥远了。

据我了解，这样一些青年，因为终究是知识分子家庭的后代，在精神状态方面一般还是比较乐观的。他们格外重视精神享受，也青睐时尚。他们中一些人极有可能一生清贫，但大抵不至于潦倒，更不至于沦为“草根”或弱势。成为物质生活方面的富人对于他们既已不易，他们便似乎都想做精神贵族了。事实上，他们身上既有雅皮士的特征，也确乎同时具有精神贵族的特征。

一个国家是不可以没有一点儿精神贵族的。决然没有，这个国家的文化也就不值一提了。即使在非洲部落，也有以享受他们的文化精品为快事的“精神贵族”。

他们中有不少人将成为中国未来高品质文化的守望者。不是说这类守望者只能出在他们中间，而是说由他们之间产生更必然些，也会更多些。

“平二代”：纠结最多最寡助

出身于城市平民的当下青年，尤其受过高等教育的他们，相当一部分内心是很凄凉悲苦的。因为他们的父母，最是一些“望子成龙”“望女成凤”的父母。

他们与儿女的关系，很像是体育教练与运动员的关系，甚至是拳击教练与拳手的关系。在他们看来，社会正是一个大赛场，而这也基本是事实，起码是目前中国的一个毫无疑问的事实。所以他们也常对儿女们心事重重、表情严肃地说：“孩子，咱家能不能过上好生活可全看你怎么样了。”出身于城市平民人家的青年，从小到大，有几个没听过父母这样的话呢？

考上大学已须终日刻苦，考上名牌大学更是谈何容易！另外一些只考上普通大学的，就更不用说了。那点儿工资，月月给父母，自己花起来更是拮据；不月月给父母，不但良心上过不去，连面子上也过不去。家在本市的，只有免谈婚事，一年又一年地赖家而居。天天吃着父母的，别人不说“啃老”，实际上也等于“啃老”了。家在外地的，当然不愿让父母了解到自己变成了“蜗居”的“蚁族”。

他们中最易出现心理问题，倘缺乏关爱与集体温暖，便会酿出一些悲剧。然他们总体上绝非危险一族，而是内心最苦闷、最迷惘的一族，是纠结最多、痛苦最多，苦苦挣扎且最觉寡助的一族。

比之于同情，他们更需要公平；比之于友善相待，他们更需要真诚的友谊。

他们中之坚忍卓毅者，或可成将来靠百折不挠的个人奋斗而成功的世人偶像，或可成将来足以向社会贡献人文思想力的优秀人物。

“农二代”：拼命要成城市人

家在农村的大学生，或已经参加工作的他们，倘若家乡较富，如南方那种绿水青山、环境美好且又交通方便的农村，则他们身处大都市所感受的迷惘，反而要比城里普通人家的青年少一些。倘他们能在大都市里站稳脚跟，安家落户，父母自然高兴；倘他们自己觉得在大都市里难过活，要回到省城工作，父母照样高兴，照样认为他们并没有白上大学。即使他们回到了就近的县城谋到了一份工作，父母虽会感到有点儿遗憾，但不久那点儿遗憾就会过去的。

中国农民大多数是不求儿女回报什么的父母，他们对土地的指望和依赖甚至要比对儿女们还多一些。

故不少幸运地在较富裕的农村以及小镇小县城有家的、就读于大都市漂泊于大都市的学子和工作青年，心态比城市平民之家的学子、青年还要达观几分。因为他们的人生永远有一条退路——他们的家园。如果家庭和睦，家园的门便永远为他们敞开，家人永远欢迎他们回去。

同样命运的城市平民或贫民的儿女，却断无一处“稚子就花拈蛱蝶，人家依树系秋千”的家园可以回归。坐在那样的家门口，回忆儿时“争骑一竿竹，偷折四邻花”之往事。故不论他们是就读学子、就业青年抑或打工青年，精神上总有一种达观在支撑着。是的，那只不过是种达观，算不上是乐观。但是能够达观，也已很值得为他们高兴了。

不论一个当下青年是大学校园里的学子、大都市里的临时就业者或季节性打工者，若他们的家不但在农村，还在偏僻之地的贫穷农村，则他们的心境比之于以上一类青年，肯定截然相反。

他们连省城和县里也难以回去，因为省城也罢，县里也罢，适合大学毕业生的工作根本不会有他们的份儿。

所以，当他们用“不放弃！绝不放弃”之类的话语表达留在大都市的决心时，大都市应该予以理解，全社会也应该予以理解。

（摘自《读者》2012年第12期）

我的跑道我的栏

刘　翔

一晃你们已经陪伴了我19年。初次见面时，我还只是个13岁的孩子，那时我其实只是把你们当成了我的大玩具。别的孩子玩捉迷藏，玩轮滑，玩游戏机，而我只有你们陪伴。这19年来，我与你们在一起的时间甚至超过了亲友，我想，也许这就是缘分，这就是爱。然而从今天起，我恐怕要离开你们了，虽然舍不得，但是我真的“病”了、“老”了，我无法再与你们尽情奔跑，我无法再与你们擦肩跨越。我要“退休”了，我要开始一段新的旅程。再见！我的跑道我的栏。

从今天起，我将结束我的职业运动生涯，正式退役。这是我自己反复思虑后，最终做出的决定。虽然不舍，虽然痛苦，但我别无选择。

2012年伦敦奥运会上，我跟腱断裂之后进行了跟腱重建手术，后来的两年多时间里，我始终坚持艰难的康复训练，梦想着能重新出发。虽然我的心中仍有热血，但我的脚却一次次对我说“不”，它无法再承受高强度的训练和比赛。我恨我的脚，我太爱我的跑道我的栏，如果没有脚伤，我……可惜这个世界没有如果，伤病是我自己造成的，我只能默默接受。有心无力是沮丧的，是痛苦的，这两年多虽然每时每刻我都在纠结，但今天，我决定放手，选择离开，我要新的生活。

回想过去，我13岁开始正式接触跨栏，整整19年。我年少时的梦想，只是能成为国家田径队的一员，之后是憧憬能拿个全国冠军。18岁时我就已经完成了这两个心愿，当时我是多么的幸福。2004年的雅典奥运会，毫无疑问是我职业运动生涯最值得铭记的时刻，我至今仍清晰地记得夺冠后第二天，看到枕边那枚金牌的激动心情，那是无法用言语来表达的。随后的几年我顺风顺水，完成了作为一名跨栏运动员所能想到的所有心愿：2006年，在瑞士洛桑，我以12秒88打破了世界纪录；2007年，在日本大阪，我以12秒95获得了个人第一个世界锦标赛冠军；2008年，在西班牙的瓦伦西亚，我以7秒46获得了个人第一个世界室内锦标赛冠军头衔。人们说我是亚洲第一个拿到跨栏大满贯的运动员，当时的我听到的只有赞美。

现在回想起来，少年时的生活太过顺利也许并不全是好事。在成绩面前，我并没有重视自己的脚伤，一味地追求速度，不断加大训练负荷，使脚伤由轻到重，直到2008年的北京奥运会，那被迫退赛的一幕，是我至今都不愿意再回忆的。我做梦都想在家乡父老面前，让五星红旗升到最高处，但脚伤却偏偏在备战前夕发作。在那一天的比赛检录处，我记得的就只是痛，脚痛，心更痛，这也是我入场之前用脚使劲踢墙垫，又怨恨又无奈的原因。我为什么无法忍受伤痛？为什么各种治疗都无效？为什么我辜负了全国人民的期待？我为什么……

我很感激北京奥运会后所有人对我的理解和鼓励，这也是我去美国进行手术，并开始康复训练的最大动力。我尽最大的努力来克服心理和生理上的各种障碍。我挚爱跨栏，我不愿意放弃，我相信自己能再次回到最好的状态。为此，在28岁的时候，为了攻克自己的薄弱环节，让前程速度能再快一点，我决定放弃已经熟悉了15年的“八步上栏”，改为“七步上栏”，这是一次大冒险。恢复、训练、改进帮我很快回到了13秒左右的成绩。2012年在英国伯明翰，我打破自己保持的室内60米栏的亚洲纪录，在上海钻石联赛上跑出12秒97，甚至在美国尤金（超风速2.4米/秒）跑出了12秒87平世界纪录的成绩。就在我憧憬未来时……2012年7月在伦敦钻石联赛上，我脚伤再次复发，预赛忍痛跑了13秒27后退赛。在德国备战奥运会期间，国家体育总局田径运动管理中心专门安排当地最好的医生对我进行诊治，但也无济于事。我的人生就是这样的戏剧性，我再次在奥运会上带伤忍痛上场，虽然已经知道自己凶多吉少，但我当时真的很想替自己的人生扳回一局，我不想人们再骂我是懦夫、是临阵脱逃的“刘跑跑”。虽然在疾跑后起跨的一刻，我已感觉到自己的脚跟突然变空了，虽然我在跑道上摔倒了，虽然我只能带着遗憾和无奈单腿蹦到终点，虽然我只能告别似的最后亲吻一下我的栏，但我真的尽力了……

这一幕幕仿佛就在昨天，就在眼前。现在我就是一个普普通通的人，我决定不再挣扎于过去，既然选择了离开，就要坚强面对，我有很多不舍，但我会快乐向前，我有遗憾有无奈，但我仍会心怀感激。

此时此刻我要感谢最亲爱的家人，是你们给了我最温暖的怀抱。很抱歉这19年和你们相处时间不多，但接下来我可以花更多的时间陪伴你们，让我的人生更美满。

感谢区、市级体校的教练们，是你们把我领进了田径的世界，并让跨栏成为我一生中最美好的经历。

感谢我的师父孙海平，是您把我培养成一名世界顶级的运动员，没有您的辛勤付出就没有我的今天，这些年您辛苦了。

感谢上海市体育局、上海体育职业学院和上海田径运动中心，作为一名上海运动员我非常荣幸，是你们给了我家一般的温暖。

感谢国家体育总局田径运动管理中心，是你们给我提供了一个披上中国队战袍，代表中国站上世界舞台的机会。在我遇到挫折和困难时始终与我一起攻坚克难，不离不弃。

感谢上海市政府对我的关怀、支持和帮助，你们始终是我坚强的后盾。我深爱上海，永远！

感谢我的团队，你们一直以来尽心尽力尽责，想方设法提供最好的保障。特别感谢李国雄教练默默无私的奉献。

感谢我职业运动生涯中所有的赞助商们，一路走来，风雨同舟。

感谢对我提出批评和质疑的朋友们，是你们让我清醒地认识到自身的不足和还需不断完善的地方。

感谢支持我的朋友们，你们多年来对我的关爱和理解，是我不断前进的重要动力。你们的关注促进了田径运动在中国的普及和提高。无论我在高峰还是低谷，辉煌还是失意，始终有你们的支持和鼓励，这让我感动。

退役后，我将去完成剩余的学业进一步充实自己，做一些对中国青少年体育发展和提升国人健康体质有利的事，力所能及推动和促进中国田径在国际舞台上的影响力。因为体育是我的梦想，哪怕经历再多的曲折，我今生已无法离开。每个人都会有自己的梦想，在实现梦想的过程中谁都会遇到挫折，但是不要放弃，要勇敢去做。从来就没有一帆风顺的人生，从来就没有什么救世主……唯有不懈努力，我将带着运动生涯中所学习到的宝贵经验去再次飞翔。

（摘自“腾讯网”，2015 年 4 月 7 日）

飞翔，是我的姿态

林　九

飞机起飞了，小燕望着窗外。繁华热闹的香江风景逐渐远去，只剩一片密密麻麻。

她在东南沿海的这座城市生活了两年，家乡远在新疆吐鲁番。在中国的疆域版图上，自西北到东南沿海，将近5000公里。

两年前，小燕与男友一同考入香港科技大学进修硕士。两年后，她孤身一人，跟公司请了一个月的假，回一趟吐鲁番。

“香港很大，但没有我的容身之地。”回想那段日子，小燕说道，这种失落感是遭遇感情巨变后才有的。

此前，小燕在香港度过了高节奏的两年。她喜欢香港的秩序感，几乎每个人都将秩序和文明刻在心里。因为秩序，所以自由。

一个月后，小燕坐上回香港的飞机，尝试用新的姿态拥抱这个充满笑与泪的城市。这一次，她离开了集成电路工程师的职位，跨界成为友邦保险的一名经纪人。

从吐鲁番到香港

吐鲁番鄯善县，在吐鲁番盆地的东侧，东南方有着新疆最大的雅丹地貌群，绵延 300 多公里。这是风的杰作。

每年三四月，沙尘暴便开始肆虐。风势大时，学校会停课。人待在房间里，风沙能穿过门窗细缝，随手往桌子上一抹，一层细沙。没有沙尘暴时，视野内可见到的是蓝天、大朵大朵的白云和无际的戈壁。

在小燕的记忆中，家乡的义务教育是轻松的。儿时玩伴们很少想着成绩的事儿，周五晚上稍微“加会儿班”，就能完成周末的作业，周末便是玩。

在空旷的土地上，小孩儿们总能想出很多有意思的点子。过去，大家住的是平房，地广人稀。谁出门朝着外边吆喝一声，整个片区的小朋友都会聚到一起。

一堆人扛着锅碗瓢盆，“从一个荒芜的地方到另一个荒芜的地方。”小燕笑道。戈壁滩、荒山、沙漠公园，都留下了孩子们的野炊记忆。

吐鲁番的“热”也塑造了她性格的内核。

到了夏天，地表温度高达 70 摄氏度。把鸡蛋埋在沙子里，一会儿就熟了，这是吐鲁番的特色小吃“烤鸡蛋”。“热情，是我骨子里的特点。”小燕说道。她说自己如果待在舒适自在的环境里，这种特点就回来了。小燕爸爸是典型的西北汉子，2018 年来了一趟深圳，和小燕的朋友们聚会吃饭，喝高了，搂着男孩们称兄道弟。

多年后，小燕行走在寸土寸金的现代都市，呼吸、脚步急促。

第一天进香港科技大学，她便被吓了一大跳。开学前期，港科大的本地学生自发组织起来，一群群人聚在各个教学楼大厅，着装统一，拿着横幅，笔直靠边两排站立，统一拍手、跺脚、喊节奏。“整个校园都很吵，走哪儿都在喊。”小燕说道。

“喊庄”是社团文化，洋溢着青年人独有的热情。日常的学业生活则是毅力的高度磨炼。

收到课表时，小燕的第一反应是：交了十来万港币的学费，值不值？课程表上每天晚上才有课，一周五天，双休。“射频、数字和模拟电路，我都在本科学过了。理论知识，我是没问题的。”

三节课下来，她转变了看法。本科时期一学期的内容，在港科大估计三两个课时便能讲完。而一节课的知识，需要一个星期来消化。同时，本科时期的作业以计算为主，港科大则是上机搭电路，用结果反推问题。“幸亏一天只上一节课，不然作业根本做不完。”

当时，小燕在外租房住，离学校十几分钟的路程。大作业阶段，半夜两三点回住处是常有的事。在交作业的最后期限来临前，有的小组直接熬两个晚上不回家。所幸，她快速适应了港式节奏，并与同学相处融洽。

高负荷下的研究生生活，让小燕掌握了扎实的实践经验。毕业后，她选择了一份集成电路设计的工作。在以男性为主力军的半导体行业，小燕快速适应了新工作。当时，她在香港科学园工作，租住在离深圳较近的粉岭附近。房租 9000 港币，和室友们平摊。

她意识到，这一份工作只能让自己生存下来，如果想要活得更好，需要摸索更多的可能。于是，小燕开始接触保险业，并考到了保险从业证。

如果没去乌鲁木齐

“当年把你送到乌鲁木齐，不知道是对是错……”父母聊天时，无意间说道。

自初三起，小燕越飞越远。从鄯善县到乌鲁木齐市，再从西安到香港。去西安和香港，是她的主动选择，乌鲁木齐，却是被父亲“抛”过去的。

“那是我成长过程中，唯一的叛逆期。”初二时，小燕跟父母的关系出现了停滞，回头想想，她自己也找不到原因。

新疆的冬日，零下十多度。放学后，她不愿意母亲来接，和朋友们从学校慢悠悠地走回去。身穿大棉服，帽子、口罩、耳罩和厚围巾裹得严严实实。一路上，大家聊着天，唱着小刚的《寂寞沙洲冷》。

“我天天跟朋友们在一起，觉得他们才是最亲的人。”

到家时，天色已晚。她推开门，整个屋子暗沉沉的，只有电视机散发出来的光，恰好照着坐在沙发上的父母。

“没有打招呼，直接换鞋进了自己的房间。”小燕说道。回到房间后，她继续给朋友打电话，宁愿父母在家里等几个小时，也不愿意让朋友等几分钟。

中考即将来临，小燕几乎没有放在心上。父亲决定带她去乌鲁木齐，参加入学考试。一开始，小燕并没有反感这个决定，第一反应是：我可以离开父母了！

尽管两地教育水平差距大，小燕却考上了。父亲联系到老战友，把十几岁的女儿托付给学校的一个老师。一切水到渠成。直到母亲送她到乌鲁木齐的老师家里时，小燕态度突变。

“我哭得特别厉害，根本不想待在那个陌生的地方。”

女儿一哭，母亲心软了。书包、书本来不及收拾，也顾不上什么人情面子，什么都没说，她俩回了老家。

然而，小燕没有逃过去，父亲的强硬态度让她无路可退。两天后，父亲带着她重回乌鲁木齐。

“你今天哭死也要死在这里。”父亲撂下一句。

在吐鲁番时，小燕活泼快乐。到了乌鲁木齐，她变得忧郁。一下课，她立马跑去给朋友打电话。全新的学习环境、课业压力大、没有朋友，初三这一年，是她短暂人生里的第一个挑战。

每周，母亲都要去看她。从鄯善县到乌鲁木齐300多公里，母亲有时候坐班车，有时候搭便车，来一趟大约四个小时。

小燕住的地方由一个教室改装而成，房间墙上还留着一块儿大黑板。她在黑板一角，写下了一个“忍”字。这个细节，被母亲发现了。“那段时间，妈妈掉了很多头发。”

她开始珍惜和母亲待在一起的时间。周末，两人挤在一米五的小床上，是久违的亲密和温馨。

十月国庆长假，小燕第一次回家。一下车，50 多个老同学过来接她。小燕父母也过来了，“他们见到那个场面时很感动。”小燕说，“爸妈跟我说了一声，提着我的行李先回家，让我跟着朋友们去玩了。”

这一刻，小燕觉得，自己和父母之间得到了和解。

如今看来，被父亲“抛”到乌鲁木齐，却让小燕开始学着珍惜和理解亲情。同时，在新的环境，没有什么新的关注点，她把精力放在学习上，考上了重点高中。至此，小燕离吐鲁番越来越远，心却从未走远。她的微信头像，便是一家三口的合影。

小燕母亲在鄯善县某单位做科室长，最近科里给她安排了一个小姑娘当秘书。“她偶尔会说起，如果你没有出去，就留在吐鲁番，当个小秘书也挺好啊。”尤其，当小燕从香港请假回家后，父母的这份心越发强烈了。

双城生活

第一次约小燕时，她恰好来深圳办理租房事宜。这时，她已经从一名工程师转型为保险从业人员，来往于深圳、香港两座城市之间。

两个月前，小燕辞去了毕业后的第一份工作。辞职前的一个月时间，每天心情都是大起大落。尽管如此，她的内心仍坚定对未来道路的选择。此时，小燕对香港保险业的理解已经比较理性，并找到了自己的节奏和风格。

左杰是小燕的一个客户，他本人就是销售经理。第一次见面，这个 1992

出年的女生就给他留下了难以磨灭的印象。左杰一直在关注内地的保险业，对香港保险业的了解不多。他特地来了一趟香港，小燕为他安排了整个行程，预订酒店，并确定了第二天的过港事宜。

俞木告诉记者，以前觉得小燕是港科大的研究生，做保险有点浪费了。而真正接触后，发现这个女孩儿天生便是这块材料。他俩是校友，过去交集不多，俞木正好需要买抗癌药，便找到小燕帮忙。后来，他想买保险，但更倾向于保诚，而不是小燕所在的友邦。

一次，俞木全家人来香港旅游，小燕成为他们的向导，一路上还帮忙照顾小孩儿，但却从不推销保险业务。“被她的真诚打动了。我们现在称她为‘校友会的驻港办事处’。”

这是小燕的服务原则，不为销售而销售，真诚地为客户服务。她给每一个客户送了一箱家乡的干果，葡萄干、红枣等等。小燕父亲已经退休在家，每次帮女儿选购干果、打包、邮寄，内心非常满足。

与部分人对保险从业人员的理解不一样，小燕所在的团队里，每个伙伴都是硕士以上的学历，每一个产品都是一个庞大的知识体系，包含了金融、法律、销售、医疗等多领域的知识。她还在不断学习中。2018 年春节前，小燕开了一个公众号，取名为“港真二叔”。她在这里写下自己对香港保险业的认识和香港的人文特色。

同时，小燕还在策划每年一次的新疆自定制旅行。小燕说：“我不把这个当成收入来源，仅仅是想带着我的朋友、客户去了解新疆，了解我。”吐鲁番是这个女孩最安全的栖息地，可以大口大口地呼吸，这一份自在，她想分享给身边更多的人。

谈及香港和深圳两座城市，小燕喜欢香港的工作环境，更喜欢深圳的生活环境。如今，她还在慢慢适应深圳生活，只身在两城之间往来，她知道自己还有更多可能。

（摘自“豆瓣网”，2018 年 9 月 22 日）

“会来事儿”的黄渤

荆 棘

携手当红的流量明星，出现在中国收视率最高的春晚舞台上，44 岁的黄渤赢得的不仅仅是关于“人气”的东西。伴随着过年的完结，黄渤作为文艺界代表去中南海开会的视频再次引起热议。

视频里，李克强总理与黄渤之间进行了如下对话：

“黄渤同志，你的稿子我已经看过了，请你不用念稿子，直接提问题。”李克强总理说。

听了总理的要求，黄渤机智地用一句“好的，我不念稿子。不过背台词是我的专业”，引得全场响起一片笑声。

“确实，不过我还是希望你接下来的发言不是‘背台词’，而是真正讲问题、提建议。”

在总理的鼓励下，黄渤随后的几次发言都引发会场热烈的反响。

在黄渤之前，演艺界只有像陈道明、李雪健、李幼斌等这样德艺双馨的前辈大咖，才能受邀成为中南海的“座上宾”，44 岁的黄渤凭什么？

没有谁会对自己看不上的人表现出羞赧和自谦

市面上对于黄渤的评价总是喜欢把他的成绩和“市井”“小人物”挂钩，好像成绩越好的黄渤，就越逃不开自己相对更低起点的过去。这种反差和悬殊是别人喜欢拿来做文章的点，但其实也是观众更加喜欢黄渤的一个缘由：他是普通的大多数，又是成功的极少数。

与很多拥有强大背景和资源的艺人不同，黄渤是演艺界“三无”人员：无背景，无后台，无门路。走上演艺道路靠的还是发小拉一把，迈进这个圈子黄渤压根儿没有垫脚石。

2017 年让黄渤获得上海电影节金爵影帝的《冰之下》一直未上映，我们似乎有了一种好久没看到黄渤演戏的错觉。但其实他一直没停，甚至还在热度不减的大火综艺背后，当了导演。

如果不是专门拿出来比较，我们可能很难注意到黄渤和钟汉良、林志颖、吴彦祖是同龄人。没有明显的标签和人设，没有漂亮妻子和童星孩子加持，在很多五花八门的谈资上，人们鲜能想起黄渤。但回归到这个专业本身，严肃评价起来，黄渤又是实实在在有话题度的人。

前段时间，黄渤根据自己从艺 24 年的真实故事改编了一部贺岁微电影——《疯狂的兄弟》。影片很短，十分钟，讲述身为知名演员被不断邀约的黄渤穿梭回到 1994 年，遇见了当时还未成名的自己。

那时的他，还是一名年轻气盛的驻场歌手，组了一个叫“蓝色风沙”的组合，在全国各地演出，过着居无定所的生活。

在北京经历过人生最低谷的一段日子后，发小高虎拉了他一把。当时导演管虎拍摄《上车，走吧》，还要一个男演员，主演高虎便力荐黄渤：“你放心，我给你找个人肯定合适，他是我老乡，那气质绝对适合演民工。”

于是 2000 年上映的电影《上车，走吧》里，黄渤演了那个承受不住“京都居大不易”的高明，在生活感情均不如意后回老家去了。但戏外，黄渤却是撑得住、挺过去的一小群人之一。

如果说人生值得玩味，那就是真实世界里黄渤也曾面临这样的选择：要不要回老家和姐姐开厂子当老板，坐拥房子车子过着不错的小日子。

但黄渤意识到这根本不是自己想要的。2009 年，黄渤凭借电影《斗牛》拿下金马影帝，获奖感言说得自黑又不失分寸，上来第一句他说：“这是真的还是假的啊?”

如他所言，考进北京电影学院都会被人调侃“黄渤都能考进来”，如今拿到金马影帝连自己都不太相信，要不是沉甸甸的奖杯在手，黄渤可能也会一直觉得自己是不是真的“选错了行”。

2017 年，黄渤主演和参演的电影票房再度被刷新，媒体开始戏称他为“70 亿先生”。《西游降魔》中的另类孙悟空，《无人区》中的冷血杀手老二，《亲爱的》中的寻子父亲田文军等等。

陈坤在拍《寻龙诀》时说，搭档黄渤让他高兴又紧张。这不是一句客套话，没有谁会对自己看不上的人表现出羞赧和自谦。

情商与自洽

“好看的皮囊千篇一律，有趣的灵魂万里挑一。”这句话像是为黄渤度身定做的，除了演技上的登峰造极，黄渤更是凭借着高智商和高情商，成为圈内零差评的明星，成为一本行走的情商教科书。

曾经媒体问他是否能取代葛优，他镇定自若，不因自己是晚辈而自卑，也不因取得些许成绩而自得：“这个时代不会阻止你自己闪耀，但你也覆盖不了任何人的光辉。因为人家曾开天辟地，在中国电影那样的时候，人家是创时代的电影人。我们只是继续前行的一些晚辈，不敢造次。”

即使放在今天，这也是“教科书般的回答”。

就连娱乐圈公认的高情商的典范林志玲都被黄渤收服，她曾多次表示：“黄渤是我的理想型，如果黄渤没有结婚，我一定会把他追到手！”

有人说舞台上的黄渤是那个当年混过场子、老练的他，无论时间如何变迁，黄渤依然自证宝刀未老。演技过硬不必多说，唱跳俱佳也已经藏不住了，连大家都爱玩的“人设管理”，也比很多“假装很如何”的同行要玩得明白。这种拿捏，恰恰就是很多人所谓的“黄渤的情商”。

黄渤是娱乐圈“双商”永久在线的代表人物，说话有分寸，总是能自洽。

关于黄渤的机智，总是绕不开2013年前的“马骑人”的梗。2013年，第50届台湾金马奖颁奖典礼，黄渤和郑裕玲在台上做颁奖嘉宾，主持人是台湾“名嘴”蔡康永。

面对蔡康永突然丢过来的“黄渤，这不是你家，这是我家”，镜头闪过台下嘉宾们耐人寻味的脸：愣到四处张望的张曼玉，不知所措的玩手指的刘德华，撇嘴看热闹的郭富城，用手托脸保持微笑的刘嘉玲……

他出色地回答：“谢谢！其实刚才我看到你也不是一个人在战斗，还有一匹马陪你。这么久了，只看过人骑马，从来没看到马骑人的哦。”台下掌声一片。

很多明星总是在参加完一个节目或者公开场合走一遭后，三言两语败光自己原本就不多的好感，而黄渤似乎在这种情境下从未失手过，他总能在有限的时间里发挥自己的魅力。

于是黄渤成了一个让人放心的存在，有他的场合，不怕场子热不起来，周围的草木似乎都不用担心自己生长得不好，黄渤总能救人于水火，把一切圆回来。

类似这样的例子，还有很多。其实，黄渤不是没有棱角，只是他把棱角放在了死磕角色上，而把真诚、柔软展示给了亲人、朋友、合作伙伴、粉丝，乃至陌生人，让所有人都舒服。

同样是四十多岁的中年人，同样是危机四伏的人生下半程，黄渤，并没有变成一个油腻的人。

说到他，我们总是能想到电影《疯狂的石头》那句著名台词："牌子！班尼路！"

这句台词算是国产黑色幽默的经典，潜台词是"我并不是为了耍帅，我是个骨子里有品位的人"。

细细品来，这句话也是黄渤的人生写照。

（摘自《东南西北》2018 年第 9 期）

追梦人

依江宁

整个中学时代，嘉倩一直生活在上海。她清晰地记得，在高三的一个黄昏，自己骑着脚踏车，迎着夕阳，对着划过天际的飞机许愿：明年我一定不能再待在这个地方了。世界那么大，她要到更远的地方去看看。谁知天意弄人，高考后她被录取进了上海外国语大学。怎么办？她向家里人寻求支持，申请到了澳门的一所大学，后来通过交换生项目，到了爱尔兰，此后又因各种机缘，辗转了大半个欧洲。

回国后，嘉倩获得了一份英国外交部新闻处的工作。熟识的人都羡慕她，她却觉得并没有实现自己最初的新闻理想。比如邀请贝克汉姆来华，大家关注的只是他的名气，而不是他真正做了什么。嘉倩想要的，不是夺人眼球的标题和走过场的新闻，而是了解每个社会角色背后那些有意思的故事。可惜的是，这些故事被大多数媒体忽视了。

2012 年年初，嘉倩写了一本关于青春历程的书，但没能顺利出版。她有些郁闷，便在网上写了一篇日志。有网友给她留言，建议她自己印刷来卖。嘉倩心想，与其拿来“卖”，还不如拿来作为和有意思的人交换梦想的信物呢。这应该是一件很好玩的事情，她写下这个想法，征求陌生网友的意见，没想到真有人感兴趣。

一个网友给嘉倩写信说：“我想当服装设计师，我用自己设计的第一件连衣裙来交换你的第一本书吧。”

还有一个山区老师，愿意用班上 70 多个孩子有关梦想的画作，跟嘉倩交换她的两本书。她的信箱里一度收到了上千封来信，这让嘉倩受到了极大的鼓励，也让她沉思：电视、杂志媒体里的故事，不是大明星就是成功人士，在闪光灯下格外耀眼，但那些上不了达人秀舞台的普通人，四肢健全，父母健在，或许做得不够出色，或者运气不到，处于尴尬的境地，但照样有自己的梦，有自己的故事啊。

人生有许多种可能，嘉倩想知道从事其他职业的人最初是怎么认定梦想的。嘉倩心中涌起一个更激动人心的计划：和平凡的陌生人交换梦想。

这是一个疯狂的想法。2013 年的春天，当嘉倩向家人提出准备辞职去执行自己的计划时，妈妈极力反对，甚至一度要和她“断绝关系”。看到嘉倩默默收拾好行装准备出发，父母最终选择了支持。

“交换梦想”才开始一个月，嘉倩就碰到了一堆不顺心的事。在武汉，她被“随机播放”的天气撂倒，发烧，喉咙发炎说不出话，在当地医院里挂了 3 天点滴；3 月的时候去重庆，整个行李袋被出租车拉走；家里从小到大吃饭清淡，多一点盐就敏感，到了成都吃什么都是重口味；严重路盲，赴约常迟到或者早到好几个小时，甚至被访者不得不来到嘉倩的住处接她，即使在家乡上海也如此。

但她依然坚持，因为每个人的梦想背后都有一个故事。

在成都，嘉倩遇到一个想当演员的姑娘。现在网络平台的选秀节目有各种路子，女孩很想去尝试，可她过不了妈妈这关。她妈妈是小学老师，快退休了，思想守旧，眼里似乎只有三种职业：老师，公务员，还有给人打工的。妈妈自从离婚后一直独身，身体也不好，作为女儿的她背负了许多期望。她能面对观众的嘘声，但如果没有最亲的人的支持，梦想只是半成品。能不能说服爸妈，渐渐成为年轻人为梦想出发闯一闯要面对的大坎。

她也看见，不少人克服了这些阻碍，真的出发，让世界打开了大门。在重庆、武汉，她认识了几位女孩，为了追寻自己认定的快乐和价值，放弃了之前优越的职位，“人生就是找到自己的位置，然后做这个位置该做的事情”。有一位现在是书店员工，虽然累点，但她很喜爱这份工作。学计算机的武汉女孩在合唱队找到了“第二人生”，而合唱队队长是位哲学博士，最终在音乐里找到了热情。

她也看到了很多不同的幸福。在陕北窑洞，嘉倩在约访对象的奶奶家住了 5 天，在山里玩耍，第一次看到成片的枣树和棉花，她兴奋不已。山里孩子童年拥有的财富是整个大自然。

从 2013 年年初到年尾，嘉倩约见了近 600 个人。从梦想到家庭，再到爱情—— 一路上，嘉倩关心的主题一直在变，但始终不变的，是她对自己生活的思考。

嘉倩说：“每个人的心都是一个世界，当你走进它，会发现很多事情真正的原因，一些原来看似不可理喻的东西，也就释然了。其实在更深的意义上，这也是我的人心之旅，他们脚踏实地的生活状态深深感染了我。”

没有想到的是，在和陌生人交换梦想的过程中，嘉倩竟然会用自己小小的力量影响他们。在南京的一些大学做梦想分享会的时候，一个女生说她想当插画师，但她学的不是美术类专业，听了嘉倩一路交换梦想的经历，她说：“从那一天开始，我天天都画画了。嘉倩，我现在画了一幅画，叫《嘉倩狂想曲》，这是我画的第一个作品，是我踏上这条路的第一步。”

每听完一段故事，嘉倩都会请求受访者，录一段话给未来处于最低谷的自己。这样做的原因要追溯到她的留学生涯：那一年，她只身来到荷兰，接连遭遇了注册不成功、学生证丢失导致补考等问题。在人生的低谷，她无人倾诉，只能自己鼓励自己。后来，她开设了一个“倾诉邮箱”，至今已收到了不下 1000 封邮件。她发现，其实大多数人都与自己有着相似的诉求。“别人再多的安慰，其实真的不如几年前的你对自己说‘一切都会过去的’那样有力量。”

也许十年后，嘉倩会找到这些讲故事的人，记录他们在这十年里为梦想所做的努力。然后嘉倩会问：“当年的那个梦想，你实现了吗？是不是现在的你，成了你当年不喜欢的人？其实这样也很好，实现梦想的过程，就像恋爱一样，永远都在追求的路上，适不适合、追不追得到，都是一种修行，有时简单有时难；然而这一切终归是快乐的，不会带一点后悔。”

（摘自《中国青年》2014 年第 7 期）

晚睡者的生活态度

李松蔚

“晚睡强迫症”这个词，一被发明出来就有流行的趋势——实在是太有群众基础了。

我在一所大学工作。现在的学生几乎没有零点前就安心入睡的，他们未必是在熬夜用功，更多的是磨蹭，比如，躺在床上玩手机。他们并不愿意睡这么晚，也不觉得手机好玩，甚至不记得玩过什么，事后回想起来，懊恼悔恨的居多。有的学生急着写论文，实在写不出来，打定主意：“今天早点休息算了，明天起床精力充沛，好好大干一天。磨刀不误砍柴工！”这一下就“轻松”了，忽然对什么事都来了兴致，看看闲书，打打游戏，要么迟迟不肯洗漱，要么躺在床上举着手机到凌晨。第二天别说精力充沛了，就连正常起床都难。即使再三自责，一到晚上又会故态复萌。

这种生活状态，跟网络的发展脱不开关系。从前就算晚睡，半夜也没有那么多电视节目可看，一到电视屏幕全是雪花点的时候，就知道该睡觉了。

等到能上网了，就有了全天候的“杀时间”法宝。我庆幸自己是十几年前上的大学，那时还只有一台笨重的台式电脑可以上网，一到晚上 11 点，宿舍楼统一断电，这就是一个半强迫的入睡信号。晚睡的人要么点应急灯看书，要么到校外的小吃店借光自习，当然也有呼朋引伴吃夜宵到后半夜的，但无论如何，都有一点“专事专办”的意味，不至于让时间过于轻易甚至毫无知觉地溜走。而比我晚几届的同学，换笔记本电脑了，熄灯之后还可以在宿舍上网，睡觉时间就只能推迟到电池的电量耗尽以后。

等人类可以通宵达旦地拿手机娱乐自己了，我们就再也不受限制了，想玩到多晚都行。这样一来，何时睡觉就完全取决于我们的自由意志。

这增加了我们的快乐，快乐往往用来掩藏痛苦。

有一段时间我也每天晚睡。下班回家照顾女儿，忙碌一整晚，等到女儿睡觉了，我才能开始加班工作。工作到零点，原本可以睡觉了，心里总是有点不甘，觉得这意味着一天的结束。“这样就可以了吗？从早忙到晚，都没有属于我自己的时间。”不免觉得有点不值。无论如何都要找几件事情做做，哪怕是无聊地上上网呢，也觉得这一天总算是没白过。

不用说，第二天我头昏脑涨，哈欠连天，从清早起床就疲乏，做什么都没有精神，有点像体内住了一个“破坏分子”——明知道第二天的日程很重要，偏偏要捣点小乱。从这个角度来看，晚睡其实是一种隐性的、对“正常生活”的抵抗。晨昏交替，代表着生活的周而复始，入睡是对第二天的等待和祝福，一个人一再推迟入睡的时间，某种程度上暗示着他对生活有挫败感与怀疑：“这一天天的又有什么意义呢？”

人的大脑已经被驯化得很好了，可以给自己一个大义凛然的答案：“有意义！”但人其实又很难欺骗自己。所以理智告诉我们，早点睡觉才是正确的，但我们的身体会消极怠工。晚睡可以看成这么一个提醒，它告诉我们：“注意！你的生活态度出现了某种问题，你并不像你以为的那么喜欢现在的生活。”

我很快意识到，我在照顾孩子这件事上给自己附加了太多的压力，这使得我那段时间的生活状态相当糟糕。当我调整了心态之后，我开始期待每天晚上陪伴孩子玩耍的时光。那是一天圆满的收尾，然后我就会心满意足地入睡。

我有一个来访者，三十多岁，他对我说："现在是我一生中最好的时候。"他事业有成，身体健康，一切都很顺利。他说："我有时候坐在家里，觉得，这应该就是我期待已久的生活吧？可不知道为什么，我每天开车回来，都在车里坐着，不想回家，回到家不想吃饭，吃完饭不想睡觉。"

我问："有什么事情是让你开心的吗?"

他想想，忽然低下头，说："我让自己开心的方式就是挣钱。"

挣钱原本是为了生计，但他那时已经不愁生计，这使得他的生活失去了继续奋斗的意义——对于这一点，他的睡眠比他的理智更早发现。

（摘自《南方人物周刊》2016 年第 4 期）

网络社交逆行者

杜梦楠　王　潇

“社交软件不再使用，有事请电话或邮箱联系。”大二学生杨青铜在短信编辑框里一字一句打完这些字，默念一遍后，郑重地点下“确定”，群发。

几秒之后，有人回了他一条：“是不是又犯病了?”

“我其实好了。”杨青铜下意识地回了一句。他心想：“谁有病还不一定呢。”一天打开社交软件几十次，他受够了那种“强迫症+神经质”的感觉。

当大量用户涌入网络社交平台，并使之成为日常生活的一部分时，杨青铜想做一个逆行者。而想做逆行者的不止他一人。

“逃离”或“回归”

“为什么最近没有更新朋友圈?”

“因为最近生活太丰富。”

李晓峰是东北师范大学大二的学生，卸载微信近两个月。

她介绍了她的变化——她曾想把和母亲相关的回忆都写下来，落笔不到两行却怎么也写不下去了。但自从卸载微信后，她爱上了写作，表达欲在回归，有时一整个下午坐在桌前不动弹，一直写到晚上不得不睡觉。她的“触觉”也开始变得敏锐，身边小事、课堂上的点滴收获，都能引发她的思考。不到两个月，那本两厘米厚的 16 开日记本已经被用去了 1/3。

李晓峰曾疯狂地热爱网络社交平台。直到某一天，她情绪低落，在朋友圈发了一条状态，想得到朋友的安慰。但从中午发完一直“刷”到晚上，都没得到任何回复。

“其实并没有那么多人关心你身上发生了什么。”这让她警醒，自己的生活好像已被强大的“魔鬼”牵着走。那天之后，她卸载了微信。

高中生丁丁的“逃离”缘于一次偶发事件。

一个月前的一天，她的手机通信录突然出了问题，联系人全部消失，几经尝试不知问题在哪里。她一度担心会因此失去与朋友的联系。但实际上，需要联系的人很快就能找到，而丢掉的，本来就是再也不会联系的联系人。

她随后进行了一个两星期无网络社交实验，期间把手机里的社交软件都放到一个文件夹中，关掉消息通知，不打开文件夹，没想到竟也能坚持下来。高中生的社交生活并不丰富，丁丁说，自己和爷爷奶奶的沟通已经明显改善，她以前觉得和长辈没什么话说，但现在有不少话聊。

我真的需要它吗

“过多的信息刺激不是好事。”钟春玖也不用微信。他是复旦大学附属中山医院神经内科主任医师，研究方向是神经系统变性疾病。

虽已被身边人说过多次，但他更擅长用自己熟悉的知识体系为自己“辩护”：

人对刺激的反应有接受信息、传导信息、处理信息、做出反应的连续过程。虽然人的认知过程还存在未知领域，但就目前所知，信息的刺激输入过多或不足，都会影响人的神经兴奋水平。

钟春玖曾对朋友宣布，自己若无法取得一个研究成果的临床批文，就决不使用微信。几个月前，他已取得批文，但依然没有使用微信。

英国牛津大学人类学家罗宾·邓巴曾指出，每个人最紧密的交际圈子其实只有三五个人，次紧密交际圈子是 12 人到 15 人，再次是 50 人，个人能支配的、最多的稳定社交人数不过是 150 人左右。

现在，有的微信群已有好几百人，从联系人的数量来讲，已经超过了能稳定联系人数的上限。这些社交，你真的需要吗？

选择的权利

要做逆行者并不容易。尤其是作为社会的一员，如果希望维持基本的社交，就不得不使用大多数人习惯的方式。

李晓峰刚开始远离社交软件时也经历了一个过程。常常是，微信、QQ 早上刚刚装上，晚上又卸载，过了几天要收信息，又不得不重新装上。这样的循环戏码，反复上演过多次。因为人不可能完全脱离环境。

复旦大学哲学学院教授刘康德最近也遇到了难处——他去进行个税申报，必须填手机号，可他不用手机。

64 岁的他不用手机，也不用电脑。文章都是手写后，请年轻的老师帮他录入。他的办公桌上，除了几本书和一个布袋，别无他物。

刘康德不是逆行者，而是坚守者。“我现在的感觉是落后就要挨打，好像处于改朝换代时期的人，前朝的痕迹还没有完全去掉，新的东西却不断加在身上。还好我是在哲学学院，有这样一个‘纵容我’的空间。”刘康德 1977 年从复旦大学毕业后留校，从事中国哲学教学与研究至今。“搞哲学的，能更客观地看待自然和人为的关系。”

刘康德曾经也是时代浪潮的追随者，1991 年，他是上海最早一批排队花几千块钱装电话的人，21 世纪初手机刚开始普及的时候，他也买过手机。

“但我感到它（手机）不是必需品。和别人有约，我都是事先讲好时间、地点，这么多年，我没有一次爽约。不像有手机的人，觉得不要紧，‘我们到时候联系’，我看地铁上面，人们一直问‘你在哪里、我在哪里’，乱得不得了。看起来自由，其实反而不自由。”

但今年他去报税时遇到难处了，以往自己去填单子即可，可今年开始网上报税，要他留下手机号；去银行买理财产品，也需要提供手机号，因为“国家有规定”。“现在把所有人都纳入到（用手机的）行列里面去，我感到这是痛苦的。这种感觉就是你想选择传统自然的生活方式，但这个环境让你无法选择。”

“科技先进了，但是人本身的一套生活方式不能也跟着彻底改变。机器跟人的关系，实际上是哲学问题。机器最终还是为人服务的。”

“是我使用它，不是它掌控我”

事实上，更多逆行者始终强调的是，不是绝对不使用社交工具，而是“我使用它，不是它掌控我”。

为了方便联系“女神”（喜欢的女生），杨青铜还是装上了微信。他采用了一个中和的处理方式，安装微信保证必要的联系，但不开通数据流量。每天晚上回寝室之后用 Wi-Fi 联网，花 10 分钟到半小时的时间处理网络上的信息，不影响自己的生活状态。

李晓峰后来也“被迫”重装了微信，因为学校和班里有消息都用微信通知。

事实上，在卸载微信的一段时间里，她与一位朋友分道扬镳。因为在那位朋友看来，李晓峰不用社交软件，是对友谊的一种“抛弃”。

但这次重装微信，李晓峰的朋友圈依然被设置为关闭状态。她觉得这也是一种成长，让她更加认清了自己需要什么样的友谊。“对朋友重不重视，并不一定要通过那几个‘赞’或者几句评论表现出来，那些不过是徒增虚荣心。”

现在的她不会刻意去仇视微信，而是把微信看作普通的通信软件。她说，现在她是掌控“魔鬼”的人。

（文中杨青铜为化名）

（摘自《解放日报》2016年4月18日）

女孩子，要去大城市闯一闯

夏苏末

辞职离开北京，我在西二旗等车的时候前面一位姑娘上车时被踩了脚，上车后便缩在扶手旁沉默，眼底盛着些许委屈，一脸的局促不安，表情举止冒出的忐忑和紧张暴露在拥挤的人群里却无人问津。我站在旁边看着姑娘全程沉默着右手握着左臂直到下车，猜想这姑娘定然是初来乍到，没由来的，沉闷的心情突然轻松起来。

在这个时代，总有年轻人没有技巧，没有顾虑，没有衡量的，仅执着一梦凭一腔热血投奔远方。

真好！

当下，年轻人到底该留在小城市还是去大城市闯荡的讨论早已经不是新鲜话题，尽管说再多总难免有旧瓶换新装的嫌疑，但我仍然想热一热冷饭，谈谈我为什么支持女孩子去大城市闯一闯。

有理有据的观点总是离不了生活里的真人出镜，那么我就讲讲身边的故事。

我的学霸表妹一直看不起小县城家乡，在就读本科的时候她就撂下豪言壮语：毕业后不再回来。开始大家不以为然，觉得你一高考失利的姑娘，在外地看似风光的读书，毕业以后不回家乡谋个事业编制然后嫁人还能干吗？表妹本科毕业顺利去了西南政法大学继续深造，研究生毕业前夕又准备大展拳脚考博的时候，大家开始纷纷对她的誓言深以为然，说姑娘有远见。但是，表妹家里就炸膛了。姑父姑妈坚决不同意她继续在学校深造，在他们看来女孩子读研都已经错过了嫁人的最佳时机，再读博士分明就是奔着“齐天大剩”的道一去不返了。他们苦口婆心，一言堂苦肉计软硬兼施轮番轰炸，表妹最终没能扛住压力，研究生毕业之后只好乖乖地回了家。

本以为工作的事轻而易举，生活偏偏不解风情。毕业第一年，表妹既没有考上公务员也没拿下事业编考试，姑妈临时把她安排在医院做行政人员。然后，表妹除了准备考试的所剩不多的时间全部被相亲占据，约见的对象聚在一起绝对能组成一加强排。工作迟迟没有解决，结婚对象悬而未决，家里的氛围持续高压，姑妈亲自上阵押着表妹去美容院绣眉、埋线又漂唇，最终情定一位高中老师，并迅速将结婚事宜提上日程。男方家境清贫，在婚事被提上日程之后，女方这边在一步步将就，买婚房她们出首付，彩礼不要，嫁妆丰厚，一众人忍不住唏嘘，那么高学历有什么用，年龄大了一样愁嫁。

所幸生活有无限可能，事情一路峰回路转，先是表妹被检察院录取，然后在她准备订婚全家为选新房操碎心的时候，同批录取的帅哥向她表白。于是，一群人欢天喜地，王子和公主举行了完美的婚礼，剧情逆转得我等一众看客皆傻眼。

你以为王子和公主从此以后过上了幸福生活就是结局吗？

当然，你想得太美。

事实上，这对小夫妻在被催婚后，光荣迈进了被催生的队伍，被勒令不准报名考试，不准复习，不必要有上进心，先一心一意生了娃再论其他。

这个故事听上去毫无亮点对不对?

这个故事似乎跟去不去大城市闯荡没有半毛钱关系，对不对?

对。

这位姑娘，她身上发生的一切好与坏都是自己选择而结的果，跟我们没有任何关系。

可是，故事本身却值得我们好好思考一番。我们读了那么多书，听了那么多道理，为什么还有那么多姑娘走进了将就自己成全别人的怪圈?有多少姑娘心底也曾安放着笔直的誓言，却为了父母的殷切期盼而顺从地退让，为了得到周围人的一句认可而盲目低头，把自己纯纯欢喜的东西藏进心底装在口袋里，直至岁月将其风化吹散。或许，她们也曾努力过，只是双脚还未跑远，冷眼和嘲笑已经扑面而来，小城盛产好奇和嘲讽，周围的看客有的是闲工夫，姑娘勇敢的心在这样强大的舆论环境里被蚕食，最终沦陷在疲惫的生活里做着随波逐流的事。

当然，如果你青睐的生活就是学业有成就后回家相夫教子，显然没有看下去的必要，因为我要说的跟你想的事恰恰背道而驰。

回家不久，我跟表妹在亲戚的婚礼上聚在了一起，我们说起她毕业回家的那段时光，她说："那段时间，我的情绪非常糟糕，几次崩溃，失眠是常有的事儿。我一直努力说服自己，决定了就做下去，坚持的都是风景。其实心底早就明白自己错了，只是已经硬着头皮走了这么久，只好将错就错下去。若不是承诺父母在前，再给我一次机会，我绝不会回来。"

之后我们探讨了半天，觉得至少有以下三点理由值得女孩子们年轻时候去大城市闯一闯。

第一，人生那么长，不妨活得自我一点。

生活是一场视觉盛宴，任何一套单一的理念都不可能垄断社会，社会是多元价值观并行的，每个人都有不止一个选择。我们没必要把一脚踏进职场另一只脚就迈进婚姻当成人生模板，也没必要把活成铿锵玫瑰当成最佳答案，我们可以根据自己的喜好和选择，以自己喜欢的方式生活。小城生活环境安逸，舆论压力巨大，选项单一到必须给周围看客一个交代。大城市不仅职场选择广就业机会多，生活方式也更具包容性。

第二，练习一个人生活的能力，增长阅历保持独立。

我不否认在大城市里生活的艰辛，加班累成狗，下班无好友，不及在小城市里朝九晚五按部就班。但是，固定模式的生活里没有想象的明天，一成不变的生活不断积累的结果是逐渐让整个人凝固，上进心衰竭。大城市固然忙碌，却没有时间让你空虚寂寞，反而在浮华中学会不轻易辜负那些千载难逢的喜欢，坚守该坚守的，呵护想拥有的，带着也许不能触及的梦想，消磨你的戾气，督促你成长，让你学会独立，保持清醒。就“脱单”这件事儿而言，或许你还不明白自己喜欢什么，但一定知道自己不喜欢什么。

至于孤独，相信你在任何一个地方，都难免会有孤独感，这样的人生必修课全凭个人修炼的火候，不分时间和地点。

第三，随时转换跑道，生活的每一面都很美。

日本心理学家森田正马说：“每个人心里都藏着一个叛逆的小孩。人生重在有哪怕一次，放出自己内心那个叛逆的小孩，这样，到老的时候，我们才不会感叹，这一生，我都在为别人而活着。”身在大城市有无限任性的可能，你学会计专业想转行做写手，你学设计出身想玩音乐，你做主持人腻味了想做心理咨询师……统统没有问题，培训课随时读，志同道合的人随时约，别说在小城市只要有网络一样能学到，但是，很多事实践比理论更重要，你确定你找活人实践这事儿一样容易吗？至多，只能刷刷豆瓣小组看着坐标望而兴叹吧。

当然，地球始终是圆的，所以任何一种地图都无法十全十美，换一种投影模式，就会看到不一样的地方。生活亦如此，无论是大城市还是小城市，都有它不完美的地方，只要选择了，就请珍惜。

（摘自“豆瓣网”，2015 年 7 月 6 日）

没有人知道那个一千八的工作，我做了六个月

简安娜

2012 年 9 月的时候，班里所有同学都发疯了似的在备考公务员事业单位，除了我。

现在是 2018 年 8 月 27 日，我们班很多明年要毕业的同学都会问我，要不要考公务员，要不要考事业单位。我不知道。有的时候我会告诉他们一些我的经历，我告诉他们只要努力都会越来越好的。但是真的，没人能告诉你，什么时候才能好起来，这条路到底要走多久才能越来越好，在这条越来越好的路上，那些失落、那些迷茫、那些心酸、那些不敢和别人提起的故事只有你自己一个人去面对，你必须要一个人走过来。

我大学本科读的是社会工作，我相信没几个人听说过这个专业。从我们大一进校园，班主任就告诉我们，这个专业是一个新的专业，国内发展很不明朗，你们可能是毕业就要失业的人，要早做打算，该考公务员事业单位该考研的，要提前做好规划。老师说得很直接，但让我们直面生活的真相比活

在幻想中真的好很多。也是应该感谢那个老师，现在我们本科班同学 52 个人，在编制的至少有 40 个。

大四那年，我是打定主意不会回老家考公务员事业单位的。为此我和父亲也发生过很多争吵，具体在我的日记《不是所有的鱼都生在同一片海里》提到过。大四那年，我一直在思索，我的人生方向。

迷茫，透彻的迷茫。

后来我到了一个大商场的企划部做文案工作，为什么选择那个工作呢？因为那毕竟是我当时拿到的工作协议里薪资最高的一个了。如果没记错的话，试用期 2800 一个月，转正 3800，我只试用了一个月就转正了，在 2012 年的昆明。很忙，一周上六天班。周六上到晚上九点半下班，赶最后一班 83 路。好多次，我坐在最后一班 83 路上，靠着车窗，看着城市流光溢彩，身边的蓝色座椅，空空荡荡。在这个城市疲惫、迷茫、心酸，但是自由。我那时会问自己，这是否是我想要的生活？

说实话，那个工作做得我很压抑，初入职场，战战兢兢，同事都至少比我大十岁，说话都要小心翼翼。四十多号人挤在一个大办公室，完全没有私密空间，每天上班大办公室死一般的沉寂。带我的同事，一个三十八岁还未婚的昆明女人，每天苦大仇深的样子。其实那个工作并不算忙碌，每个星期想一个文案创意，还差不多都是固定的套路，大部分时间我都无所事事。那时我给自己定了一个工作小目标：就是每天进步一点点，趁年轻，总是要学点什么的。于是我没事就看旁边的设计师作图，我觉得特别有趣，就自学起了 PS、AI、CDR，看视频，做笔记，不懂的就问他。我在那里工作了三个月，现在让我设计一份海报、简章，那真的是太容易了。

之所以辞职，是因为我觉得那份工作没有意义，没有归属感，没有存在感。本来我在那里只有一个朋友，和我一起进去的曹萍，后来她也辞职了。我不喜欢这里，不喜欢这份工作，甚至我最后的一个朋友都走了，我告诉自己，如果方向错了，停下来就是前进。

辞职之后我去了一趟黑井，当时我的舍友有考进银行的，有准备着公务员事业单位面试的，而我只是一个即将毕业的无业游民。迷茫，透彻的迷茫。在黑井待了四天，静静想了四天。我想了想，作为一个伪文艺青年，应该听从心灵的召唤，是时候向我喜欢的心理学领域进军。

于是，回昆明，找工作，一个星期左右，找到了一个儿童心理潜能开发机构。开开心心入职。想着人生理想的大门就此打开，生活会越来越好的。当时每天的我就像《喜剧之王》里的尹天仇一样，一心只有四个字：努力，奋斗！

培训了一周才知道，我的工作其实就是一个卖课程的，做销售的。周一、周二休息，周三到周日上班，每个周末把幼儿园家长忽悠来，卖课程。然后周三到周五，就是闲着，看书，《演讲与口才》《销售的秘密》《把每一份保险推销给每一个人》等等，当然我在那里也看了大量的心理学书籍。试用期 1800 一个月。一个特别有爱的公司，老板人很好，有情怀。同事人很好，有情怀。工作氛围很好，有情怀。除了穷点，其他都是其乐融融。我那个时候想，我还是喜欢这里的吧。

我在那里工作了半年，试用了半年。半年时间里，父母亲戚同学每次问我收入多少，我都告诉他们 3600。其实，3600 是我两个月的工资，我不敢告诉他们，不好意思。那半年的时间里，我养成了勤俭节约的好习惯，每天早点只吃一块钱一个的包子，一个星期有那么一两天奢侈一点喝一杯两块钱的豆浆，那半年我几乎没有买过新衣服。我每天记账，越记越穷。我隐隐觉得，肯定是哪里不对。

我很想去质问人力资源，半年了，为什么不给我转正？其实我早就知道哪里不对了，我的课程卖得一塌糊涂，我一紧张就会和陌生人说话磕磕巴巴，我不适合做销售。可是我为什么不离开那里呢？因为我觉得那里的领导很好，同事很好，氛围很好。看吧，年轻人，总是这么容易受表象迷惑。

在那里工作之后，我发现我完全变了一个人。特别不自信，负能量很大，每天回来就和男朋友抱怨，没有人认可我，没有人关注我，半年了我都没有转正，我可能什么都做不好。我是一个内向的人，我努力让自己变得外向，健谈。特别累，每天都累，丧，深深的丧。

半年之后我辞职了，我发现只有愚蠢的人才把精力花费在自己不擅长的领域上。及时放弃，是一种智慧。

之后，我彻底接纳了自己就是一个内向的人，我就是不喜欢和陌生人社交，我不想改变自己了，我也不那么急于融入团队，融入他人，一切顺其自然。我认清这一点后，前所未有的轻松。

后来我选择了教育领域，前面积累的心理学知识，让我顺利考上了研。之前做企划自学的设计制作，让我在工作岗位上，很受领导赏识。我写了一些文章，认识了一些和我差不多的朋友。我很开心。所以说，人生没有白走的路，每一步都算数。

现在我明白的一句话就是，可能外向的人需要社交才能活得更好，而内向的人，你根本不用急于向别人证明什么，你要向内探索，你只需要把自己活好了，你的人生就打开了。

其实每个人都有自己的迷茫。我相信人每个阶段都有每个阶段要迷茫的事情，学生焦虑着考试，毕业生愁找工作，工作了着急结婚，都一样的，都逃不过。没有人知道自己属于什么样的生活，没有人能告诉你生活的答案，谁不是在跌跌撞撞中找到一点人生的方向呢?

希望看到这篇文章的你，能受到一点点启示。

就像我前面说的，只要努力，生活会越来越好的，只是通往那条越来越好的道路，你需要单枪匹马，独自走过，没有人能来帮你，你只能成为自己的英雄。希望你准备好，面对着四野茫茫。

（摘自“豆瓣网”，2018 年 8 月 27 日）

人人都在等，我的姿态却比你好

艾明雅

1

当年，铁凝去看冰心。冰心问：你有男朋友了吗？铁凝答：我还没有找。冰心告诉她：你不要找，你要等。

这句话很多人知道。问题是，你知道你该如何等吗？铁凝可以等到，刘若英可以等到，你就一定可以吗？

如果你很羡慕一个人的生活状态，想知道她是如何走到今天的，不要去问她是怎样度过那些顺境，而应该去问一问，在那些最难过、最难熬的时光，她是如何度过的。

我身边那些优秀女性告诉我的答案，一致得出奇，她们最难过的时光，选择的都是学习。尽管学的内容不同，但是，她们都认为，这是让一个女人最快熬过最难日子的最好办法。

大概对许多年轻姑娘来说，辞掉工作，不用发愁钱，去国外安静读几年书，在美丽的风景前自拍，晒到朋友圈。这才是她们以为的学习。

不。今天你喜欢上喝茶，你向你身边那个最懂喝茶的人请教，潜心去学，红茶绿茶乌龙茶，到底有什么不同，什么样的壶什么样的水能泡出这样的好茶。这就是学习。

今天你发现你最难突破的就是说话，去学习话剧，去学习演讲，找一切可以让你当众说话的机会，这就是学习。

今天你不喜欢这份工作，你喜欢摄影，你找一切空余的时间去拍照，去琢磨，去学习那些摄影大师的作品，去找到你的风格，就是学习。

所谓的学习，是把你最专注的一面倾注在上面。所谓的后天成长，是你在脱离被动学习的环境后，通过主动的学习，去发现新的世界，去找到你新的路途。学习，是一种心境，而不是一种方法或者手段。

即使你没有离开的勇气，也没有离开的机会，你也有雕琢自己的空间。

再幸运的人，也有时运不济的时候。

那是命运在提醒你，你储备的才华和运气不够了，现在该是你安静沉下来的时刻了。

2

她在苏州闲逛，已是夜里十点，转角路遇一家精致小店，湖水绿和木质展柜搭配，简单清新，虽即刻就要打烊，但见有客人，老板娘依然热情推荐每一样小物。

她高高兴兴买下一把茶壶，同我说道：如今，对买包包愈来愈没有兴趣。反倒是对这些人情味十足的小物，总是没有抵抗力。

友人听闻我偶有夜里抄经的习惯，悄悄寄来一把水沉香，一只刻着菩提纹的鸡翅木燃香盒。

深夜时分，昏黄灯下点燃一支，陪着烟丝袅袅，一支笔，就写尽千万人的心事。

在那份香里，我知一切如露如电如烟如幻影，我知过去心不可得，未来心不可得。

我终于与那些不可得，握手言和。

有人笑：是不是人的年纪一到，总归是要附庸风雅了。

中文里有多少赞美，便有多少诋毁的词汇与之配套。

明艳动人的反面叫作花枝招展，铿锵果敢亦可称作心狠手辣，修身养性成了附庸风雅也不算奇怪。

可是，如何判定那就是“附庸”，而不是“默化”，不是追名逐利的空隙里偷得浮生半日闲，不是真心躺在了生活的野地里闻着青草香就爱上了“坐看云起时”？比起附庸，我更愿意说我是“依附”。

我依附那些妥协，那些一壶一茶一香给我的美感。

我不愿意争了，不愿意抢了，不愿意削足适履，不愿意声嘶力竭用力过猛地活着了，我不逼着自己成为谁的最爱，我不必去故作努力成为自己的最好。留二十分吧。给自己留二十分的空白，留给心，留给时光随意雕琢。

在不愿意说话的时候低头摆弄这些物件，虽说它们无言，竟觉比某些浮夸之人更好相处更可爱，更有生命力更有对话的欲望。心落到一菜一饭，自然也就与岁月的每一个角落相看不厌。

3

昨日刚好看申赋渔先生写的《匠人》。数十年，以一门手艺而活，世界上，再无比此更值得尊敬的事。铁匠瓦匠豆腐匠，有匠人的岁月，格外温暖简单。

这是我写字时候的感觉，我亦相信这是所有靠着本心，后来又将本心恭顺成为职业的“匠人”的共有体验。原来生活如此简单，一个女人，靠一支笔，或是一把刻刀，就可以活得体面而有尊严，再无遗憾。“生死来去，棚头傀儡。一线断时，落落磊磊。”想起有桀骜友人择妻，说出候选人特征，问我选哪个。我说，兹事体大，不敢妄言，非要我讲，你不能作为定论。他点头。去选坐得住的那个，会沉默弹琴的那个，或是会寂静写字的那个，会认真画画的那个或是会潜心厨艺的那个，有自己的世界的那个。

如果此刻你仍憋屈，不要急，不要慌，你要等。如果此刻你焦躁，就焦躁着。如果此刻你迷惘，就迷惘着。如果此刻你不得不做着自己不喜欢的事，那就做着。

不过是时机未到。

雕匠望着一块原石，亦要沉默许久，不知从何处下手。

生命中，总要有被沉默覆盖的时光。那就好好睡。睡好了爬起来，就好好写，好好画，好好做，好好地活。

七年前，我也曾贴在公交车的玻璃门上，望着外面不属于我的世界。那日在高校听小型音乐会，望着着黑衣而坐的音乐家们，在指挥扬手未落的那一刻，仿佛看到了许多场日升日落。

那也是雕琢，多年的演绎，才有如此天籁之音。

我与三十岁的女友静静坐在那里，仿佛永远也不会散场。

就是这每一个音符，都是一把手艺人的刻刀，刻在这一分一秒。不必有未来，不必有期盼。坐在我周边的却都是受学校逼迫而来的女孩。门外有男友等着要去吃宵夜，她们急不可耐，她们盼着散场，盯着未来，下一场恋爱，明日的答辩，后年的工作，一如当年的我们。当年的我们，不会为一把壶而着迷，不会为一颗盘扣而心生欢喜。当年的我们，错过的，根本不只是爱情。

（摘自《文苑》2016 年第 11 期）

爱，就是我的信仰

汝年年

翻看以前的日记，一句话让我陷入沉思，那句话是："对未来的真正慷慨，是把一切献给现在。"写这句话的时间是 2010 年 11 月 25 日。那一年，我刚大学毕业。

我已经记不得当时是从哪里听来抑或看到的这样一句话，这些也都不重要，重要的是，这句话在当时深刻地影响了我，让我做出了影响一生的决定。

我是汝年年，来自十八线小城凤城，确切地说，我是出嫁到凤城做人媳妇儿的。我自大学本科毕业以后就来到这里，在凤城整整生活了 8 年，我喜欢这里，因为这里有我爱的人。凤城之于我就是故乡，这里的一花一草、一山一水都像我爱的人一样温润、友善。

1. 图一个人，更图快乐

我刚来的头一两年，工作单位的同事或者朋友总会问我："年年呀，你大老远来我们凤城图个啥呀？"这时候我总是笑嘻嘻的："图个人呗，你们凤城的小伙子太好了。"他们总会接着打趣我："呦，原来是被我们这儿的小伙儿拐来的！改天把正主儿带来，让我们瞅瞅。"这种情况我总是愉快地应下。然后很快，包子先生就会乐颠颠地拎着大包小包的水果零食来拜见我的这些朋友同事们。在包子先生眼里，他们都是关照我的好心人。因为我开心了，包子先生就会很开心。

我是大二下学期认识的包子先生。那时候我是一个扎着马尾、爱读书的好学生，虽然脾气有那么一点儿差。我们第一次见面是在学校食堂的餐厅里。

午饭时间的食堂"人声鼎沸"，我皱着眉头，站在里三层外三层、人高马大的打饭大军之外，很懊恼自己为什么没在图书馆多看几页书。错开饭点儿，避开打饭高峰，是我的习惯。独独那天就看错了点儿，早到了。

我闷闷不乐，已经很懊恼了，可前面那位大高个儿貌似一直在东看看西望望，就这么几样菜，如此难决断？

"我说，您倒是打饭还是看饭呀？"我终是忍无可忍。

大高个儿回过头来，大概也有点儿歉意的成分，"那啥，好像需要饭卡。"他一副傻乎乎的表情。

"打饭当然需要饭卡！"我差点儿就横一白眼，"你难道是第一天在这里吃饭！"我几乎是恨恨的了。我是真有点儿饿了，也等得有些烦了。

没想到，他竟然嬉皮笑脸："对呀对呀，我就是第一天在这里吃！"

我无语了，确切地说是噎了一口气。这也不是新生入学期，看来碰上位外校生。

为了弥补一下自己的冒失，我客气了一下："你想打什么饭，我帮你刷卡。不过，你得给我钱。"我大学生活费也是很有限的，不能随意慷慨。

"好呀好呀，你太好了，同学！"他笑得太灿烂，让我抖了一身鸡皮疙瘩，忍不住反思自己是不是刚刚态度太邪恶了？

打好了饭，我刚找了个空位子坐下。然后，大高个儿就追过来，一屁股坐到了我对面。

我已经忘记了他的开场白，印象里他一边慢条斯理一口一口吃着餐厅的大包子，一边口若悬河讲着各种趣事。我本来对他待搭不理的，最后竟然也被他的谈笑逗乐了，禁不住看清了他的脸。总之，就感觉他是一个很阳光、很会让人开心的人，至少他让我很开心。

那时候人人网还叫校内网，不知道他后来又怎么通过校内网找到了我，我们从此有了联系。我叫他"包子"，他叫我"阿年"。我们是同龄人，从此以后一起说说笑笑，一起看海，一起逛周边的景点，一起去听彼此的课，一起泡图书馆，一起吃饭……在烟台那个海滨城市，我们一起度过了快乐的大学生活。

认识我们两个的朋友都说："年年其实你才是赢家，你看，你用一顿饭，换了一张终身饭票，而且顿顿好吃好喝地伺候着。"我总是笑而不语。

我选择一个人的原因很简单——跟他在一起的时候我很快乐。

2. 用最真的真心和最诚的诚意对待爱情和婚姻

我和包子先生相遇的那年我 19 岁，然后我们像其他校园情侣一样开启了幸福的大学恋爱生活。我 21 岁那年，包子先生先我一年毕业，回到他的家乡，而我继续大四的学业。22 岁，我毕业，放弃读研深造，来到包子先生的家乡。24 岁，两家父母为我们操持了定亲。26 岁，我们结婚。28 岁，我有了一个可爱的宝宝。

在我们的相亲相爱史上，有无数的同学朋友艳羡，得到过大学老师的祝福，更有双方父母的认同和祝愿，我们两个得天独厚，在周围朋友、同事、亲人们眼中我们都是温馨、温暖的存在。我和包子先生陶醉于爱情，也甜蜜于婚姻。

很多人会对我们说，你们两个人真有缘分呀！你们真是好运气呀！大学恋爱能走进婚姻殿堂真是不容易啊！你们竟然还是彼此的初恋，真的好幸福呀！……每每听到这些，我和包子先生都相视一笑。

美满的爱情和婚姻从来不是靠缘分和运气的馈赠得来的。缘分或许会使两个人相遇，好运气或许会使两个人相知，但是真正支持爱情走下去直至走进婚姻殿堂的，从来不是缘分和运气，而是满满的真诚、信任、理解以及智慧所充盈起来的用心经营。

或许有人会说，“经营”这个词用在爱情上太过功利，玷污了爱情的纯洁。其实，只有没经历过爱情的人才会做着童话梦。真实的爱情和婚姻一样，需要经营。只不过，要用最真的真心和最诚的诚意。

回忆走过的这几年，偶尔包子先生会问我：“你当初选择跟我回来而放弃读研究生，现在后不后悔呀？”我总是一个白眼横过去：“你傻呀，有什么好后悔的？”我公公，也就是包子的父亲，是一个特别温和正直的人，他也曾说：“闺女，我们家里人都没你脑子灵，你没去读书，真可惜。当初，你办个休学也好呀。”我对他笑笑：“没什么可惜的，哪天想读了，我再给您考一个。”

我一直是这样想的，我从来不觉得自己是有所放弃、有所牺牲。相反，我为自己来到凤城做好了充分的打算。我看好一个人，我愿意用余生与他共度，一起孝敬他的父母。我不想因为读书或其他的原因，而错过这样一个人，错过这样一个温暖的家庭。不管未来如何，我只经营现在，并且有能力负责未来一切后果，即便那是苦果，我也有吃下去并且不悔的决心和力量。

3. 有生活，有工作，更有学习

凤城不是百万人口的大城市，这里人口不是太密集，生活节奏慢，即便堵车，也只是一首歌的时间。这里有山有水有美食，我和包子先生都是那种随遇而安的人，所以，在这个小城里我们过得知足、安乐，很有幸福感。

最大的幸福是，我们有一个健康、可爱的宝宝，双方父母也都健康、硬朗。

包子先生是一个努力上进的人，在他自己的专业领域一步步提升，而我在平凡的岗位上朝九晚五，更多地专注家庭、孩子，我们“夫唱妇随”，其乐融融。

很多人说，我看人的眼光很好，包子先生是绝对的“潜力股”。这种情况，我总是一笑了之。

因为在他们眼中，选老公是一种投机行为，他好或者不好是运气和运势使然。但在我和包子先生心里，我们从未把爱情和婚姻看成是一种投机行为。相反，我们是步步为营、相互扶持才走到今天。我们幸福美满、衣食无忧，过着小城中等收入水平的生活，我们知足，所以快乐。

但知足并不等同于安于现状，我们都需要成长。生活、工作之外，“学习”是我和包子先生认为最重要的事。

所以，包子先生在自己的领域一步一步攀爬，而我也在自己的写作梦想之路上一步一步前行。我们相互鼓励，共同进步。这是最让我们幸福的事。因为彼此有阳光，所以能照耀彼此、温暖彼此。

任何愿意学习的人，都有愿意迎向阳光的特质。我和包子先生都是这种人。

遇到一个情投意合的爱人或许并不太难，遇到一个志同道合的朋友或许也不太难，但是遇到既情投意合又志同道合的人就很困难了。

所以，在 22 岁的年纪，我愿意放弃一切，去爱。因为，我想拥有更多。

爱，是唯一理智的行为。对我而言，爱，就是我的信仰。我愿用余生守护，初心不改，不悔不移。

（摘自“简书”，2018 年 9 月 25 日）

活着就是为了改变自己，所以可以改变世界

景　逸

几年前，自己曾做过一个性格色彩测试。几乎每道题目上，我在至少两个选项中犹豫不决，所以最后得出两种不同颜色的性格分析。分析中解释为，或许现在的性格并不是天生的，而是后天形成的一种与本身性格有些差异或截然相反的性格。

当我们读过更多的书，接触优秀的人，经历艰难的事情之后，如果不断反思、汲取，就会改变自己，然后逐渐成为那个更好的自己。《诗经》里“有匪君子，如切如磋，如琢如磨”说的就是这个道理吧。

在对世界和自己还没有多少认识的情况下，或还很无知的情况下，动不动就说要改变世界，不是很可笑吗？

都说乔布斯说活着就为改变世界，其实他就说过一次，还是疑似，也只是在一个特定情况下，或者说是话赶话。他二十岁去印度修禅，要改变的是自己。

“昨夜西风凋碧树，独上高楼，望尽天涯路”：迷茫

孤身一人，在高台上极目远眺，目之所及，一片苍凉景致，肃杀萧瑟，孤独悲怆，不知道前途几何，不知道路在何方。“念天地之悠悠，独怆然而涕下。”

在十六年的求学生涯中，我的最年少、最青春的时光可以用“浑浑噩噩”来形容。这里说的“浑浑噩噩”并不是指学业上没有进步、成就和收获。那些贴满了一整面墙的奖状和证书，那些冠以“优秀”的所有称号，是在应试这条路上，光鲜亮丽的脚印。这一串脚印有时值得骄傲，有时回味起来却充斥着空虚和失落。

经常被小刀划破手指，但是仍痴迷地在橡皮或石头上凿刻的孩子，或许有非凡的雕刻天赋；用落叶拼成抽象的图画，用沙土堆积城堡，这个孩子或许有着惊人的富有创造力的头脑；有的人天生能辨别筷子撞击碗、碟子、杯子等不同器皿的音高，或许这是令很多人羡慕的“绝对音感”……然而，我们被迫走向被父辈们约定俗成的路——考上好大学，放弃自己的喜好，埋没了自己的特长，然后忘记了自己的理想。

大学时的画面依稀就在眼前：讲台上，老师滔滔不绝，只有头顶上风扇的刷刷声。教室里回荡着麦克风下的爆破音，偶尔扩音器发出刺耳的一声，划破寂静和闷热，睡觉的同学猛然惊醒，他们怨念地抬头看看，然后换个姿势继续睡去。

大学生活是慵懒的，有时候会被窗外风吹树叶的沙沙声吸引，然后开始煞有介事地思考人生。

毕业后，我们如水入大海，投入就业大军，或想去国家单位捧一个一劳永逸的铁饭碗，或期冀一个安逸而薪水颇丰的职位，或屡屡跳槽烦躁不安。生活被世俗的欲望吞噬，所谓理想或许只在晚上睡前关灯的一瞬间闪现。

“衣带渐宽终不悔，为伊消得人憔悴”：锤炼

面容憔悴，身心俱疲，无数次是那么想放弃。

这种反复的打磨和锤炼是肉体的痛苦，也是精神上斗志的消磨。“苦其心志，劳其筋骨，饿其体肤，空乏其身，行拂乱其所为，所以动心忍性，曾益其所不能。”

明初诗文三大家之一的宋濂在《送东阳马生序》中描述自己幼年读书的艰辛：“每假借于藏书之家，手自笔录，计日以还。天大寒，砚冰坚，手指不可屈伸，弗之怠。录毕，走送之，不敢稍逾约。”想看书，因为家贫只能去别人家借书抄下来，由于有按时归还这种良好的借书信誉，所以很多人愿意把书借给他。求学时“负箧曳屣行深山巨谷中。穷冬烈风，大雪深数尺，足肤皲裂而不知。至舍，四肢僵劲不能动，媵人持汤沃灌，以衾拥覆，久而乃和。寓逆旅，主人日再食，无鲜肥滋味之享”。这种极其艰难痛苦的生活，可以说是我们难以想象，很难体会的。

苏轼曾在《留侯论》中开篇讲道：“古之所谓豪杰之士，亦必有过人之节。人情有所不能忍者。匹夫见辱，拔剑而起，挺身而斗，此不足为勇也。天下有大勇者，卒然临之而不惊，无故加之而不怒。”历史上从来不缺乏这样忍辱负重的例子。因为有着理想和抱负，所以可以忍受凌辱；因为有忍受常人不能忍的气魄，所以可以触碰到成功。

“众里寻他千百度，蓦然回首，那人却在灯火阑珊处”：觉悟

人类渺小有如宇宙中的一粒尘埃，改变自己很容易，那么改变了自己，是否可以影响世界呢?

美国气象学家爱德华·罗伦兹对于这个效应最常见的阐述是：“一只南

美洲亚马孙河流域热带雨林中的蝴蝶，偶尔扇动几下翅膀，可以在两周以后引起美国得克萨斯州的一场龙卷风。”其原因就是蝴蝶扇动翅膀的运动，导致其身边的空气系统发生变化，并产生微弱的气流，而微弱的气流的产生又会引起四周空气或其他系统产生相应的变化，由此引起一个连锁反应，最终导致其他系统的极大变化。这就是著名的“蝴蝶效应”。

所以只要你活着，哪怕进步一点点，都将影响周围人，进而影响世界。

梦想改变世界，先要改变自己。

（摘自“搜狐网”，2016 年 5 月 4 日）

永远都要重新开始

孙晴悦

真正知道自己想要什么的人，从来不会拘泥于任何一件事，会勇于去发现另外的自己。

1

我录了几期抖音，发在了“朋友圈”里。以前的同事问我，是不是特别看好抖音的市场和未来，接下去说的话是——“你自己真的也玩抖音吗？这种年轻人玩的东西，你真的有把握从零开始做吗?”

我看到微信上跳出来的这几行字，好像看到了辞职前的自己。

团队的小朋友们这个月在做抖音这个新的项目，就我个人而言，我确实不是抖音的用户，甚至是在团队决定要做抖音的时候，才去下载了这个 APP。

为什么要做抖音？这个问题我问过团队的小朋友们。

他们都是1992年以后出生的，他们说因为自己慢慢开始习惯用视频记录生活，而不是文字。

就是这样简简单单的一句话，没有所谓的看好它的市场和未来，没有所谓的行业分析和报告，没有一切功利主义的东西。

“用视频记录生活，而不是文字”，这句话触动了我。

我立刻想起来，好像真的是这样，即使我自己还没有习惯拍短视频记录生活，但是确实体验过这样的视频交流。

朋友在超市买东西，看到一台制作肉松的机器，给我发来10秒钟短视频。打开播放，还有“现场同期声”，说着好不好用——身临其境，比发一张照片再打好多字来分享此刻的感受要直观得多。

就像有了智能手机以后，我们就习惯了看到大片金黄色的油菜花会拍下一张照片，发给此刻想要与之分享的那个人。

抖音是什么？我下载后仔细地刷，认真地看。说它low也好，浪费时间也好，但每一个普通人都在分享着快乐的瞬间。

看着那么多普通人用力生活的模样，真的会被打动。唱歌也好，跳“海草舞”也好，这些快乐的瞬间，我们拍下来，不知道要发给谁，然后我们都上传到这个平台上，和陌生人一起分享。

就像以前我不懂，为什么90后喜欢在看剧的时候开着弹幕，密密麻麻的，多影响观看效果。然而，如果总以自己的想法去揣度别人，是永远也无法理解对方的。

后来，我自己开着弹幕，看屏幕上飞过的一行行“666”，才发现原来他们不仅仅是在看剧，他们是在社交，是在对抗孤单。

因为在现实生活里，大家相约一起看一部剧，是多么困难的一件事，但我们依然渴望交流。

你从未开着弹幕看过剧，就不会懂刷弹幕时的心情；你从未试图去理解年轻人的心理和行为，那说明你其实已经老了。

拒绝接受新鲜事物，永远活在自己的逻辑里来看待这个世界，是一种衰老的表现，涂再多精华液都没有用。

2

其实我们的视频拍得并不好，没有很大的流量。抖音完全是流量池数据分发，用户观看的次数，在视频上停留的时间，点赞、评论、重播的次数，会决定一个视频是否能再次被分发，被更多的人看到。

这些理论我以前就听过，但没什么感觉，而当我真的亲身体验过这样的大数据，当我们的视频被用户看到，并被喜欢和关注，我感受到了一种久违的激动。

在亲眼看到大数据如何影响抖音后台的播放数据后，我给朋友发了一条微信："在电视台工作，知道了如何做电视新闻，后来写公号被几十万人关注，让我感受到了互联网传播的力量，而我很庆幸我居然还愿意去尝试一下抖音。作为一个媒体人，我感受到了人工智能和大数据的力量，这是时代的脉搏。"

后来，当别人问我为什么投身互联网，还录了几期抖音时，我总是这样开玩笑地回答："嗯，我想假装自己永远年轻吧。"

这些年，我自己以及身边的女友们，都在亲身验证着一句话：没有一劳永逸，永远都要重新开始。

无论身处哪一个行业，内核都是如此。

连续两年登上 Forbes 30 Under 30 Asia（福布斯发布的亚洲地区 30 位 30 岁以下商业领袖榜单）的女生，前一秒刚发完参加福布斯亚洲 party 的照片，后一秒又在杭州、上海之间穿梭，一刻不停。把过去清零，重新开始做一个消费升级的品牌。

以前与我一起在拉美国家工作的女外交官，回国后成为旅行博主，之后再创业做高端旅行品牌。我问她："做个高大上的外交官不好吗？"她说还想尝试新的事情。

我又问："做个旅行博主，开开心心环球旅行还赚了钱，不好吗？创业多苦。"她说："现在的旅行社模式和年轻人消费升级的需求差得太远了，自己居然有机会亲手去改变这个市场，太激动人心了。"

用来抵抗年年岁岁平淡生活的，不是钱，不是爱，而是我们永远年轻的好奇心。

我们永远想知道未来是什么样，永远对自己和他人，还有这个世界抱有极大的热情。

有一种人永远都在旁观，永远都在问，你现在做的这件事情是不是有市场、有前景、有未来？他们永远都患得患失，只是站在岸边看着大海里冲浪的人。潮起潮落，冲浪的人有时候站在浪尖，有时候被大浪打翻。

但总有人永远都在感受时代的风浪，和时代一起并肩前行，也许摔倒过，但下一个浪打来之前，他们又调整好了姿态。

（摘自《读者》2018 年第 10 期）

我终于实现了财务自由

无　戒

1

看到很多人都说自己实现了财务自由，我不知道什么是财务自由。

只是有一天我在看《见字如面》节目的时候，有位教授说：“对我来说，有钱就是买书终于不用看价钱了，真是太幸福了。”

我忽然想起了自己，记得上学的时候，爱看书，总是在学校门口的小摊上买书。

一本三五块，那时候基本上能够买得起的只有杂志，如《意林》《读者》《故事会》等等。

买上一本不吃不喝也不上课，悄悄地趴在桌子上看，一看就是一上午，感觉很幸福。

看到精妙的句子就用笔一字一字地抄写在笔记本上，闲了当成宝贝似的翻来覆去地看。

那时候要是能有钱买上一本十几块的完本小说就是最大的幸福，可是从来都是买不起的。

我很羡慕班上那个女孩，她总是可以无所顾忌地买下自己喜欢看的所有书。

可是面子作祟，我从来都不去借阅，总是心里默默告诉自己，总有一天我也可以肆无忌惮地买自己喜欢的书。

2

没钱买书的时候，就泡在学校对面的那家书店里，书店很小，大概只有十几平方米，甚至没有可以坐的地方。两个书柜被塞得满满的。

那时候我觉得书店老板真幸福，可以开一个书店。我心里想着，等我长大了，好好挣钱，给我家里装个书柜，放上自己喜欢的书籍，那该是多幸福啊！

那个书店我记忆深刻，窗户破了一个洞，冬天的时候会很冷，坐在地上看书的时候，屁股都是僵硬的。

可是书里的故事那般多彩，可以让人忘记寒冷和所有的情绪。

常常不上课，在书店一待就是几个小时，书店太小没有地方放桌椅，每次去都是坐在靠窗的地上，借着外面的光，沉迷于故事之中。看完书也不去学校，跑去待在网吧里，在博客里写故事，一写就是一下午。

生活费全部用在了网费上，那时候有人看我写的故事，我就会高兴得忘乎所以，甚至忘记网费花掉了我所有的生活费，接下来要吃土了。

当时年少只顾着自己的喜好，对于没钱吃饭的事情也不放在心上。眼看没有钱吃饭了，就天天在宿舍里馒头就咸菜，也是兴高采烈。

记得有次伯伯来学校看我，偷偷地塞给我二十块钱，我用那二十块钱买了两本我最想要的书。一本是《安妮全集》，一本是《红楼梦》。

你们也许想你的钱太值钱了，十块钱能买上《红楼梦》？是的，我买上了，是盗版的，有些页字迹是模糊的，书的纸张更别说了，非常粗糙。

可是我很欢喜，而且欢喜了很久。

3

那两本书陪伴了我很多年，毕业离开家的时候，我什么也没有带，以前写的所有小说日记，一把火烧了个精光，唯独把这两本书藏在衣服里带了出来。

那时候我在异乡打工，每天晚上回家都会看安妮写的故事，《七月与安生》《莲花》等等。

那本书被我翻来覆去看了不下十遍，每一次都有不同的感悟。书已经变得破旧不堪，甚至连封面都不见了。

那两本书好像是我对于不要放弃梦想的一个期望，我辗转去过很多城市，为了生活而奔波，那两本书始终跟着我。

直到那一天朋友借走了我的《红楼梦》，然后再也没有还回来，我心里记了好久这件事。

而那本《安妮全集》我依然带着，它见证了我的成长，陪我走过了生活中的风风雨雨。

我曾经想过有一天一定要买一个书柜，把它放在书柜最显眼的位置，让它有个家。这个想法一直到去年，我自己有了家才实现。

后来在社会上，我一直在上班，忙着挣钱，闲的时候就会在地摊上买几本盗版书回去看，有时候会在旧书摊上买几本被人遗弃的书籍来看。

记得最清楚的是那年，大冰的那本《阿弥陀佛么么哒》很火爆。

下班之后经过书摊，把那本书翻来覆去看了好多遍，终究还是放下了。只因为盗版书都是 10 块钱，摊主愣是要 18 块。

因为 8 块钱的差价，我就放弃了。那时候生活很不容易，每个月挣的钱刚够基本生活的费用，依然没有多余的钱来买其他的东西。

那晚我难过许久，悄悄地对自己说："加油，菲，一定要活出个人样子。"

人总说把钱看得太重会变得俗气，可是那一刻，我知道，没钱，谈梦想就是搞笑。

4

我心里关于文学的梦就那样渐渐掩盖，开始有了新的目标，挣钱，成为一个有钱人，再也不想连一本书也买不起了。

那本《安妮全集》依然安静地躺在我的头顶，帮我守着内心的梦想。

从那天开始我不再去书摊，看书的时候基本上都在网上搜电子书。

可是一本电子书两块钱，我都是舍不得买的，每次看到关键时刻，就来 vip 的时候，我就会暴躁如雷地骂人。迪先生就会帮我满网找免费的网站，每次找到免费的网站我都会开心很久，晚上不睡觉就躺在那里看得如醉如痴。只是广告多得要死，可是也不影响想要看书的心情。

那时候的快乐是那么简单，悲伤也是那么让人无助。

每次出现财务困境的时候，我就想自己一定要努力挣钱，不要让我的孩子像我这般艰苦。

所以有人问我实现了财务自由是什么样，我想就是买书的时候可以买正版了。

只要喜欢的书，不管是电子书还是实物书都可以一股脑地送给自己。

去年搬到新房子里那天，我在外面转了一整天，为自己买回来一张书桌、一个书柜，把我那本《安妮全集》放了进去，简直不要太幸福。

如今我的书柜里躺着我喜欢的书，我的家里到处都可以看见我买回来的宝贝。

5

我买齐了大冰的所有小说，包括那本《阿弥陀佛么么哒》，买齐了安妮所有的书，包括她叫庆山以后出的所有书，终于买回来了《红楼梦》的正版书。

每天早晨躺在阳台上看书的时候，我依然会想起学校门口那个小书店，依然会想起那些年我带着那本盗版的《安妮全集》走南闯北时候的孤寂。

如今我终于可以任性而为，为自己的梦想埋单，对我来说这就是实现了财务自由！而不是豪车，别墅，或者奢侈品那些身外之物。

（摘自“简书”，2018 年 1 月 19 日）

年轻，是用来长见识的

怀左同学

1

昨天从北京回家，下车后，阿姨在饭店等我，我到时，她点了一桌子的菜。

“阿姨，太多了，根本吃不完。”我连连摆手。

她说：“你一天没好好吃饭了，没事，挑你喜欢的吃。”

阿姨是大学老师，聊天时，她讲起了年轻时的故事。那时候她在省城工作，为了爱情，她辞职，然后回到了家乡。我说您这么优秀，那时候追您的也不少，为什么不留下来呢?

她笑了：“我当时就觉得，跟着我家老头，这辈子不会受罪。”眼里的爱意，我能感受到。

刚回来时没有正式工作，她替姐姐看过网吧，卖过鞭炮，回忆往昔，她说那时候工作机会少，只要能赚钱的活，很多她都尝试过。看着她现在岁月静好的样子，我惊呆了。她后来还和我说，她做网管时每天至少打 5 个小时的 CS，到现在也难逢敌手。

所以她经常会和自己孩子一起打游戏，别人不理解，但她有自己的想法：有些东西，堵是堵不住的，还在于理解和适当的教导。她儿子现在上初中，会看各种新闻，和她聊阶级固化，在学校遇到差劲老师，偶尔还会用自己的方式抗议一下。

我说比起他们，我们那时候显得和智障一样。阿姨说："现在的小孩都很聪明，知识面很广，有好的想法，总是好的。"

谈起爱情时，阿姨说了两点，第一是她当时选择自家"老头"的原因——能力强、负责任、对她超级好；第二是结婚时的经济条件，她说结婚完全是因为那个人，当时一无所有，住的是员工宿舍，而现在，该有的都有了。

我们聊到晚上九点才回家，我欣赏她，不是因为她现在的条件和生活，而是她年轻时的想法和见识。

我心里想，现在还年轻，要勇敢追求自己的所爱，也要不断提升自己的格局和眼界。

2

高中时的同桌，现在在欧洲，和家人聊起时，爸妈说人家怎么这么厉害。我说，一个是人自身优秀，另一个，也是环境问题，机会到了，人自然也就站在那里了。

其实这就是我们经常聊的不同高校之间的差别，说没有区别，其实都是骗人的，不同的城市、不同的资源、不同的学校环境和身边环境，会直接影响人的眼界、心胸和格局。

是的，环境不能决定人，但可以影响人，最明显的，在某些高校如果你很努力，身边人可能会排挤你，觉得你不合群，但换个地方，大家都对努力习以为常。

在差的环境里，除非目标明确，意志力和自控力都特别强的人可以坚定地走自己的路，其他人，或多或少，都会被身边环境同化。

人生而不同，后来逐渐相同。

以前我也觉得大家两个肩膀扛一个脑袋，都一样。但现在越来越发现，其实不一样，有的人只看到脚下，而有的人，一眼望到了天边。

想法，影响做法。

3

就我个人来讲，有时候我也很庆幸自己能够走到今天，因为在我们那个山村，和我一起长大、很多只读了初中的小伙伴，现在连一份正式的工作也没有。

家乡经济不景气，工作机会少，留在家里没有文凭的很多人，只能四处打零工。

茫茫大山，一望无际，没有良好家庭条件的我们，读书，是唯一的出路。

我的家庭条件一直很一般，但我从来也没有养成攒钱的习惯。我打过很多工，赚的钱，全部用来投资自己：买书、旅行、报班、请客吃饭……

赚钱时很辛苦，但花钱时我并不心疼，因为我知道，钱是工具，是拿来用、拿来做投资的；我知道年轻时投资自己，就是最大的投资，长见识比省钱更有用。

我知道靠攒钱发不了财，只有会花钱敢花钱的人，才能学会如何赚钱。

钱是用来提升自己、改善生活的，这是我的消费观。

以前有人和我说写作浪费时间没有用，我没听，因为我不仅喜欢写作，而且我也相信，高品质的内容，会在未来社会占一席之地。

有人和我说读书无用旅行浪费钱，但是我去认真做了，然后发现这些东西一直在慢慢改变在塑造着我。

终于，有人问我："你在学校可以攒下买房首付的钱吗?"

我说："顶多几平方米。"

他说："好啦，那你就别攒钱了，拿着你自己赚的钱，去投资自己吧!"

4

我经常鼓励自己，后来把微信签名换了：只要有勇气，人会比想象中更自由。

前两天在北京旅行，一路上我也在思考旅行的意义，也有些自己的想法：旅行不是为了拍几张照片，不是为了扎堆往景点里去挤，而是为了看看当地的风俗民情，生活环境，来开阔眼界。

打破常规，在行走中思考，然后和自己进行深度交流。

我不再像以前一样死命地逛景点，喜欢睡到自然醒，挑喜欢的地方逛，喜欢和偶尔遇到的当地人简单聊两句，然后再集中资金，挑自己喜欢的东西吃，享受高品质旅行。

想法在随着阅历改变，观念在随着见识提升。

我知道自己还不够好，所以我在认真地学。

5

我回家了，2016 年家人和我说读书写作无用，2017 年他们让我多注意身体别太累。

所以还是先提升自己，才能改变别人。

所以还是，行动比语言有力。

最后用标题共勉：年轻，是用来长见识的。

（摘自“简书”，2017 年 7 月 1 日）

一证十年

考拉小巫

阿柔是我本科时的同学，她来自农村，身材高挑，长发披肩，笑起来眼睛像弯月一般，那样美好的笑容，犹如午后的太阳晒入心房，让人感觉暖暖的。从小在城市长大的我，起初和她并没有什么共同话题。和她聊明星八卦时，她总是在我话音落下之后，先是使劲地点点头表示认同，然后用手捂着嘴再偷偷地追问："可是……他到底是谁啊?"和她聊未来环游世界的梦想时，她总是羡慕地注视着、支持着，仿佛一个小女孩隔着橱窗看到一件昂贵的嫁衣，喜欢，却清晰地知道那不会属于她。她每每和我说起她家乡的一些事情，我也不是很能体会，只是觉得她在黄河边游泳捉鱼是一件很有趣的事。于是，在我们刚相识的那段时间，她有时会着迷于都市的繁华，我也会偶尔向往乡间的恬静，但两人都隐约觉得对方的世界离自己好远。

终于有一天，阿柔目光坚定地对我说："将来毕业了，我想去上海闯荡，我想当一名口译员。"我嘴巴张得很大，难以置信地问她："真的假的?

你知道口译有多难吗？而且你……竟然想去上海？”其实，当时我本来想问的是：你知道上海的生活费有多高吗？打拼有多难吗？竞争有多激烈吗？实现梦想的代价有多大吗……可是，我的问题并没有问完，并不敢问完，因为怕打击她的自信心和积极性。阿柔听了我的问题后，竟然非常爽朗地笑出声来：“我当然知道啦，但还是想尝试一下，要是不尝试，可能以后会后悔的。我现在就开始攒钱，攒3000块，毕业以后就去上海！”我心里为她发愁：一个农村女孩子只身一人去上海打拼，只带3000元，会不会坚持不到一个月就回家了？

后来的几年里，很少听到阿柔再提去上海的事了。我猜想，她可能只是随口说说。毕业后我一直在忙出国的事，很久都没有跟阿柔联系。有一天给她发短信询问近况，她很快就回复了，只是简短的几个字：“现在在上海啦！”看到这行字的时候，我怔住了……原来她不是随口说说的。

后来阿柔跟我说，毕业以后，她一直都很认真地生活，做过口译，给外企和出版社做过翻译，虽然时常觉得工作不尽如人意，但她始终朝着口译员的目标前行。她说她要把这个梦想当成像国家的“五年计划”一样不懈地经营下去。看到她的信息，我可以想象到她在打下这些字时脸上果敢坚毅的表情。那时我才发现，虽然名字里有个“柔”字，阿柔却从不曾是个柔弱的女子。相反，纵使背景平凡，起点较低，但她一直用毅力和耐性兑现着自己的承诺。

在那之后，我们一直保持联系，我总是时不时看到阿柔的留言：“下个月就要考口译证书了，真是要紧张死了！”“唉，没有考过，不过没关系，半年以后再战！”“真是不好意思跟你说，我这次又没考过，不过我会再尝试一次的！”“又失败了，你说我是不是天生笨，可是我太想做口译员了，如果放弃的话以后我可能会后悔，只能再尝试一次了。”

最近一次和阿柔联系时，她已经获得高级口译证书，在上海一家外贸金融公司做口译员。虽然阿柔偶尔也会抱怨工作压力大、加班时间长、单位伙食差等，但我能清晰地感受到她声音里的坚定。阿柔在大学里许下的愿望，在她不停地尝试和近乎带傻气的坚持中，得到了完美的实现。从开始攒3000块到现在的高级口译员，阿柔整整花了十年时间。

在“闪职族”（换工作如照相）与“液态族”（时刻想辞职，而且这一刻想做A工作，下一刻想做B工作）悄然成风的现代职场，人们跳槽越来越频繁，从过去的5年一跳加速到现在的3年一跳甚至每年一跳。很多应届生的第一份工作甚至都很难熬过半年之痒。

我们似乎很害怕听到别人对自己的评价是“阅历不足”，这导致年纪尚轻的我们恨不得在30岁到来之前就行遍世界各地、干遍各行各业。于是，不同的工作我们换了一个又一个，仿佛通过频繁跳槽，幸运的自己一定能找到一个任务较轻、升职较快、薪水较高的“金饭碗”。即便找不到这样的完美职业，也可以和别人说自己有“丰富的职场经历”，仿佛也是一件能够慰藉自己空虚内心的事。可是，然后呢？我们想做的事越来越多，能做的事越来越少；焦虑感越来越多，踏实感越来越少。到头来，却发现自己还像当年初入职场时那般懵懂无措。

人生的每个阶段都有这个阶段独有的使命，要坚持将每个阶段的使命好好完成，然后再安然踏实地迈向下一个阶段。将简单的事做持久，并一直“在路上”！

（摘自《东方女性》2013年第5期）

十一年，北京给了我想要的一切

冬　惊

北京，有哪个文艺青年能抗拒她的魅力？

对北京最初的向往或许来自老舍笔下北平的气象。在我心中，她就是那样一座包容而平和的城市，有文化底蕴，也意味着无尽可能。去北京吧！这个念头一直存乎我心间，伴随我度过题海战术的高中时代。我来自人口超过一亿的高考大省。在我们那里，100 个文科生里只有一个能上重点大学。为此我走了小语种保送北京外国语大学的捷径。

于是 19 岁那年，去北京的梦想成真了。11 年前还没有动车和高铁，坐了一晚上特快，我彻夜未眠。北京的一切都令我感到惊奇，也使我感觉到自己的渺小与默默无闻。我第一次看话剧，并且爱上了戏剧艺术，尤其是反映老北京风土人情的。第一次去中国美术馆，羡慕北京的孩子小小年纪就有徜徉在艺术殿堂的机会。第一次参加国际文化节，和各国留学生谈笑风生，参加诗歌朗诵会、作家论坛，见到了西川、食指、于坚、王家新、蓝蓝、徐则臣、郑渊洁、曹文轩……渺小而默默无闻的我，也能有与大家对话的机会！这就是北京的神奇了，一切都有可能，你能遇到任何人。

在北外体育馆有一排报纸杂志阅览区，游完泳之后，我经常在此翻阅《北京文学》。成为一个作家与诗人，也是我儿时的梦想。

多次漂洋过海，却总是对北京有割舍不去的情结，硕士毕业我又回到了这里。2012 年的北京与大学时期又不一样了，走在拥挤的地铁里，感觉北京的人仿佛多了十倍。原来过去我一直在象牙塔里，不知道生活的艰辛。求职的那几个月我才真正熟悉了北京的各个城区，懂得了北漂们的艰辛：不租房的人不知道合租的居住条件能有多差，许多房子破旧、油腻、乱七八糟，根本没有客厅。

找到工作之前，我曾在好几个北漂朋友那里蹭住，带着一个很大的红色行李箱，这箱子陪我走过欧洲和美国，用了好几年。朋友说："你干吗带那么多东西？你啥都没有定下来就打算在北京过冬啊，真可以。"

那时我的朋友们也是毕业不久，大都和别人合租，没有什么方便留宿的空间，但大家都对我非常慷慨。2012 年的冬天很冷，十一月初就下了一场鹅毛大雪。一天晚上，我从很远的地方找房子回来，雨越下越大，把我唯一一双皮靴泡坏。走出地铁口就开始飘雪。从英国空运回来的大衣我还没来得及去拿，所以没有能御寒的衣物，当晚就在日租房里面发烧了……如果不是朋友们的热情帮助，我大概也很难一个人在北京撑过那颠沛流离的小半年。

2012 年 12 月，我以优异的成绩顺利拿到英国的硕士学位。2013 年 1 月，零下十几度的时候，我搬到五道口附近的朋友家里打地铺，等待一家国企的"二面"。经历了将近六个月的辗转，我终于在 2013 年 3 月入职，拿着一份微薄的工资，在一间十平方米的房间住了两年半。对于在英国留学两年回来的我，这种生活质量必然与以往有巨大的反差，更糟的是不习惯北京的雾霾，每个月要生一次病。即便如此，我仍深爱着北京。比如夏夜路边的烤串，便宜的啤酒，这里有英国没有的热闹，亲民得让人着迷。尤其喜欢北京的老社区，安静，绿化好，还保留着些许集体主义的人情味儿，正是岁月静好现世安稳。楼下的老夫妇看起来毫不起眼，竟一位是北京理工大学的退休英语教授，一位是乌尔都语的泰斗。

那时的日子并不宽裕，却充满了快乐。那个十平方米的房间，也接待了好多朋友。空间虽小，日子却从不凑合。我买齐了锅碗瓢盆柴米油盐，便也能有酒有肉，以诗会友。一位擅长书法的朋友还给我题了几个字，我一直挂在墙上：梅花香自苦寒来。

在北京租的第二个地方，总算有一张自己的书桌了

小房间住久了，东西越来越多，便想改善一下生活条件，住得宽敞点。无奈每年想换房都是看了一圈，才发现自己真是眼高手低。总是在六七月份租期将满的时候顶着大太阳去找房，利用午间休息和下班时间，我把工作单位方圆五公里都走遍了，干净点的主卧并没有3000元以下的，而我又不想搬得太远。我一直固执地以为，如果住在郊区，那又何必来北京？如果住得远到连一场晚上的演出都看不完，那生活在这个文化之都又有何意义？

北京适合所有真正爱艺术、爱自由、爱折腾的人。在北京，你可以轻松实现跨界。曾经我时常一个周末见三四拨人。譬如去人民文学出版社听讲座，和文学青年谈创作，和书法圈的朋友去雅集，去北大和博士们谈学术，带着爱好摄影的朋友逛复古集市，或者和青年创业者玩德州扑克。还有民谣诗人演唱、草地音乐会、各种摇滚乐队演出。而留在家乡的像我一样的“大龄未婚女青年”，最主要的活动或许是相亲。

在北京，经常参加社交活动的姑娘从来不愁遇不到有趣的年轻人。好看的，好玩的，有才华的，出色的人不怕你遇不到，只怕自己道行太浅Hold不

住他们。

从农村穷苦出身的青年到开豪车的富二代，想自由恋爱的姑娘谁都有可能遇到。北京那么大，有多少人享受到它最豪华、最现代的一面？有一次和朋友上到国贸80层的酒吧，看CBD豪华的夜景，我不禁如此感叹起来。

而北京的魅力就是包容。在小胡同吃一碗十几块钱的正宗卤煮也很快乐，两瓶啤酒，一堆烤串，这快乐不亚于吃一顿精致的日本料理。

在北京，你没有太多“非主流”的顾虑。“万人如海一身藏”，你一朵奇葩很快就会被别的奇葩比下去。

母亲内心是希望我能回家乡去的。2015年她来北京出差，顺道来看我，也看北京的房子。看了一堆房子看得她心灰意冷，连连感慨：这样的破房子，还不如咱们家80年代的生活水平。是啊，家乡的房子又大又宽敞，相比之下我在北京住的小屋也太简陋拥挤了。

基本上只有书桌可以上镜

“这种地方你也住得下去!”母亲感慨。在我那里她只住了一夜就回家了。她时常感慨家乡谁的女儿又结婚了，也心疼我那样辛苦打拼。但是若贪恋舒适的物质条件，我又何必漂泊在外？家乡的安逸与无趣让我倦怠，同学聚会不外乎是K歌、吃饭、桌游，年轻人可以玩的地方也乏善可陈。只有回到北京，整个人才又活络起来。所以每次从家乡回到那个十平方米的小屋，我的心情都无比愉快，恨不得刚出北京西站上公交就喊一句：“我胡汉三又回来了!”

后来，我跳槽到私企，有了更多的收入，换了更大的房子，最后又辞职创立了自己的工作室。北漂这些年，有苦有乐，最困难的时候眼看连房租都要交不起了，但我从来没有想过放弃。拼命做翻译、讲课，再加上稿酬，竟也一个月之内凑齐了五六千。只要你努力，这个城市不会让你没有立锥之地。

曾有几年每到岁末，我都会有一种“岁华销尽客心惊”的感慨，这也是笔名“冬惊”的由来之一。刚毕业的时候，一度有过专业不对口的迷茫，数次想过再出国读书。可我最终还是扎根下来。在北京生活，有倦怠，有压力，但是离不开这里。

十分怀念那段悠闲的，有时间练字的时光

去过太多城市，我对出生的地方早已陌生，只有北京是永恒的精神家园。这里有我的青春，我的事业，我的爱情。十一年的奋斗，我完成了“逆袭”，从一个没能进英语系的小语种学生，到编辑专业英语试题库，到给众多英语系高才生发翻译费。

作为一个不喜欢体制也不热衷于组建家庭的人，我可以凭借一样技能过着简单而便利的生活，尽情结交志同道合的人，这大概就是北京最好的一点。

2017 年 4 月，住进新家，终于在北京安定下来

从 2006 年 9 月 18 日来北京读书，到今天已经整整十一年了。十一年，北京给了我想要的一切。

（摘自“豆瓣网”，2017 年 9 月 18 日）

带血的高跟鞋

王若竹

细细掂量起来，这个领域的工作的确会不定期向你抛撒一些闪亮的光环，打造出一种聚焦的荣耀，比如每每我在朋友圈里发一些成果照的时候那种骄傲的心情。可对我来说，真正值得书写下来留于未来怀念的，往往都是那些无法展示于人前的汗水、血水、泪水，也恰是这些日复一日的努力，让最终的结果显得理所当然。

1

决定来法国进修奢侈品管理是在大三，那时候身边懂行且有资源的人都很少，我又是个不太会主动寻求帮助的人，所以基本上择校、申请、面试、办签证，都是自己摸索着完成的。当时为全面了解这个行业，本专业和双学位的毕业论文都做了相关的课题，等调研时才发现，其实连北大图书馆里的相关资料都少得可怜，寻求指导时系主任更是豪爽地说，这个课题我不熟，你写来我看看。于是，我就这么稀里糊涂摸着石头过河地做完了两篇论文。虽然丝毫不知晓现实的残酷，但那一年半宏观上的准备铺下的底子确也是有益无害。

一切设想在真正来到法国后都被颠覆了，由于奢管在这里已经是相当成熟的行业，相较于理论型的开拓者，他们急需的是业务操盘手。通俗点讲就是两篇再好的学术论文远比不上一段站柜台的经历来得重要。认清这残酷的现实后，再去后悔大四没找份相关工作去实习已然来不及了，于是我把努力的重心放在积累经验上。而在此过程中，一环又一环如多米诺骨牌般接连而来的事件，自然而有力地证明了地球人称之为“命运”的这个东西。

刚入校，由于一贯做学生活动的后遗症，我加入了 ESSEC Chine（ESSEC 中国）做副主席；接着申请加入学校的艺术社团，因为副主席这个身份成为当季唯一录取的国际学生；又因此可以优先选择活动组，于是抢占了策划校园时装周的名额；而在举办时装周时认识了之后推荐我的经理；然后由于她的推荐，使得我在参加了三个面试后就得到了第一份实习工作。这些听上去是不是觉得我特别幸运，那如果我换一种陈述方式呢？

学法语和艺术专业的我对商科的课程可谓一无所知，连最基础的数学都已搁置四年之久，于是别人免修我全修的七门基础课占据了我的大部分课余时间。但凭着一股子对艺术的热情，我还是努力进了学校的社团，后来却得知他们录取我只是因为我那副主席的身份。进了社团后，我削尖脑袋试图融入，可曾有段子说“法国人中说话最快的是巴黎人，巴黎人中说话最快的是学生，学生中说话最快的是商科的学生”，因此我要想在一群年轻姑娘边聊正事边扯八卦新闻的例会中听得懂、跟得上，还试图插一句，简直不比当初考北大轻松多少。这便罢了，绝的是那年的校园时装周和春节庆祝活动挤到了同一周，还互不重合，更绝的是 ESSEC Chine 的主席回家过年去了，交由我全权负责第二天重要的职场圆桌会议。正所谓天无绝人之路，只要你能找得到那条路。记得事后统计，我在连续 160 个小时里大约只睡了 15 个小时。

故事到这里是不是开始有些辛酸了，那如果我再把责任上升到正式的工作，然后情境放置到年度性的巴黎时装周呢?

2

我的第一份实习是在法国春天百货的中国市场部做所有需要人做的事情，没错，这就是我对这项工作的总结。作为一个刚成立的部门，加上经理共 4 个人的配置，基本要涵盖和中国相关的各类业务，而我还是个新人。写过每日更新的官方微博，每月更新的时尚专栏，每季度更新的宣传文稿；协助杂志和明星来拍摄，安排电视台对管理层进行采访，自己上镜做模特；整理一堆堆折线饼图的销售数据分析，4 小时内赶出给 CEO 的调研报告；在 8 月艳阳下提着三大袋租借的冬季皮草，横穿巴黎，送货上门。

在我的电脑里有关工作的文件夹大致是根据项目进行分类的，但在巴黎时装周的分支下，那些子文件夹是按照日期保存的。刨去例行的写稿任务，三拨杂志拍摄、两家电视台采访和一场媒体见面会，看场地、对流程，最终实施是一家媒体前脚刚走另一家媒体后脚就来了。这便罢了，绝的是团队里资深的公关要请假过生日去，更绝的是经理居然准假了。于是，我这个工作才两个多月的小实习生，扛着“法国春天百货中国市场公关”的名号与国内多家媒体和明星经纪团队联络，同时还要保证公司其他相关的部门都不掉链子，这样的压力让一贯冷静、自信的我也紧张到冒汗。尤其和法国团队不同，中国这些做时尚的媒体基本是不存在时间概念的，什么时候有事什么时候发微信，再加上时差，导致那周我每晚都是捏着手机睡觉，震醒了清清嗓子回了语音继续睡。

除去用脑的部分，体力也消耗很大。当你一大早眼睛都睁不开时，想到今天接待的是女神高圆圆、女王尚雯婕、巴黎传奇买手 Maria Luisa、奥斯卡影后 Gwyneth Paltrow，就是扒着眼皮也要戴上隐形眼镜，化个全妆，踩着 7 厘米的高跟鞋再出门。最疯狂的一天，是爱奇艺的美妆频道来拍 5 个品牌的化妆短片，因为缺人手，我在协调的同时还要兼做上镜模特。于是从上午 8 点半起和第一个品牌的公关寒暄，给彩妆师翻译拍摄流程，保持笔挺一个多小时化妆，结束时感谢该品牌，带着拍摄团队去下一个柜台，在摄影师布光时卸妆，然后重复之前的流程。其间还夹杂着因为拍摄延时给后面的品牌公关道歉，跑腿找充电口，为满足法国团队的好奇心而补充介绍爱奇艺……到晚上 7 点半送走拍摄组赶回办公室确认了第二天的流程，近 12 个小时滴水未进后，我终于坐上了回家的地铁。

我住的巴士底街区是相当热闹的，遍布的酒吧每晚都是人声鼎沸，卖艺的乐队、流浪的乞丐，还有醉酒的年轻男女总是把回家那条单行道挤得满满当当。一直以来，我都沉醉于这里那股浓郁的巴黎气息。可那天晚上，当我感受着双脚各个方向磨出的水泡和小腿灌铅般的酸痛，仍继续踏着高跟鞋经过那些喧闹的场景时，脑海中就好像是电影一样，将周围都虚化掉了，只有我用慢放的速度走在灯红酒绿的街上。理论上当时该有脆弱的眼泪忧郁地滴落，可事实是双眼因长时间戴隐形眼镜还反复化妆、卸妆而无比干涩。那一刻，我好恨这股浓郁的巴黎气息，却也第一次觉着活得过瘾。回家后我脱掉带血的高跟鞋，翘着双脚坐在床边发了半小时的呆，然后写下了那天的日记：巴黎是你们的，也是我们的，虽然归根结底是你们的，可我不在乎。

我身边每一个同行都曾多少表达过对这个行业的失望，我也看到过众多想要进入这个行业的新人展现的热情，在理想和现实中我也摇摆过、犹豫过。可作为一个完美主义者，还有什么工作能比和美打交道更理想的呢？T 台上一件高级订制的礼服，是至少 5 个顶级工匠 30 个小时的成果；杂志上一个专题的流行搭配，要从全球各地借来的上百件单品中选出，并进行全天拍摄再后期成片；我坐在香奈儿的彩妆柜前 90 分钟，看着化妆师在每个拍摄间隙都擦净产品上的指纹，然后洗手继续，最终成为网上仅 3 分 29 秒的教学视频。可以说，那种对完美的追求得到了最大的满足。在有些人眼里的虚荣，在我眼里真的只是价值上、态度上的选择。

能在巴黎做奢侈品管理是一种幸运，在这里没有得过且过，或者不管怎么样，这个比“骄傲的巴黎人”还要再骄傲出一个层次的从业者并不会需要你的“方案二”。对他们来说，做事情的方案只要一个就够了——最好的那个。

（摘自《大学生》2014 年第 6 期）

我偏不移民

晏　屏

2011 年，我和老公决定把他去密歇根大学访问的机会，作为移民生活适应期，实地考察美国生活。我们带着 4 岁的女儿，怀着喜悦和忐忑的心情，登上达美航空。

老公的同学王原如约来接我们。当填完数百张表格，租好房子，总算能松一口气时，我们发现方圆数百公里有 7 个大公寓、图书馆、星巴克，但没有步行或骑车能到达的超市。

王原开车 1 小时把我们带到 COSTCO——美国第一大会员制仓储超市。我们找到了大米，但最便宜的要 2 美元 1 磅（1 磅等于 0.4536 千克）。看我在大米面前犹豫，王原说："如果你们有爱吃米的习惯，那么从现在开始改吃面吧。"

因为不能宰杀动物，电杀的方式虽然文明，但在美国高度人权下吃肉的痛苦在于，如果不想吃带血的肉就得先煮出一锅的血水，否则，那肉吃起来形同茹毛饮血。

外出就餐，除了肯德基和麦当劳，就是它们的“孪生兄弟”，我们好像在吃一条流水线上的食物。

我对一包榨菜的想念，持续了整整3个月后才有机会到近200公里外的安娜堡一家15平方米的中国店实现。中国店不过是偶尔多了点豆角和冰冻的带骨头的鱼。在美国任何一家超市，冬天的土豆和夏天的土豆都一模一样，没有区别。

美国的食品是有机的，但是无比乏味。某一次，当我想起和闺密一起吃四川火锅时热辣辣的场景，我的眼泪就不争气地流下来了。

我们公寓周边有很多住独立HOUSE的邻居，他们非常客气礼貌，第一次见面就和你热情拥抱，并且每次都如此。但我们住了1年，他们仍和第一天看到我们时一样，永远那么生分。我们知道他们的名字，但不知道他们在哪里上班，也不知道他们的孩子在哪里上学。

女儿常常一个人玩儿，我觉得她像个被全世界抛弃的孩子。有时听到别家院子里有孩子的声音，她总是贪婪地跑过去，有时还未靠近，就被大狗的狂叫声吓住。

美国人的活动以家庭为单位，1年来，我没能和任何一个对我好的美国女人一起去喝咖啡或做美容、逛街。好像美国没有闺密，只有同性恋。

美国是养老的天堂，但我从没看过有儿女在父母身边尽孝。他们给美国政府交了一辈子税，最后美国政府把他们交给护工和老年公寓。

王原和他妻子来美国7年，没见过自己的爹妈。他们双方父母的探亲签证被拒一次，他们也一直抽不出空回国。直到王原母亲突发脑出血去世，王原因还没有拿到绿卡，就没有回国，因为一旦拒签就再不能回美国来。

尽孝是诸多像王原一样没有拿到绿卡人士的痛点，如果失业，必须1个星期内找到新东家，否则就只有买机票回国。但现在美国经济又是如此不景气。

老公虽然拿了中华人民共和国的最高学历，但在美国市场等于废纸一张。而且这些年中国人一窝蜂地读经济、管理、会计，就业压力都是中国人之间的拼杀。中国人在美国比“有美国工作经验吗?”“英语流利吗?”“会说广东话吗?”

老公的一个同学程维，本科第3年出国，在麻省学电子，硕士毕业后有份年薪15万美元的工作，但每年要交7万美元的税给美国政府，这比割一个肾还让他疼。

因为从年薪来说，他属于高收入，但是基本福利政策全享受不到，比如给孩子的牛奶金、上学的补助，而且他们还不能去上免费的公立幼儿园。5岁之前的日托所，基本1天就要70美元。美国的孩子有福利，那是建立在他们爸妈一半收入上交的基础之上。其他所谓可以免费享受的是年收入不到2万美元的家庭，但从国内不管是技术还是投资移民来美的，在国内的收入已经够这个数了，又何苦非要漂洋过海去享受这些?

我们去参加程维小女儿的周岁宴时，来宾80%是中国人。当程维家的中文频道里播放赵本山的小品的时候，所有的中国人都笑得乐不可支。是的，听宋丹丹挥着手说“那是相当……”的时候，我们找到了共同点。

一提起看房经历，我们仍心有余悸。房子看多了，我们愈发不敢买房，愈发没有拥有这漂亮房子的欲望。这是为啥呢?

很多美国人的房子都是自己造的，游泳池也是自己挖的，更别说他们那偌大的院子里的各种各样的花草、硕果累累的果树。

一到节假日就会看到美国人穿上工装，修车、装电器、装修房子、清洗院子、打理游泳池等。

我们从小就心无旁骛地学数理化时，美国人却在幼儿园时就拿起小锤子敲敲打打。他们只会拿着计算器做数学题，但基本上个个都能做个椅子，裁条短裤。家政和手工是他们一生的课程。

一次我们的车灯坏了，开到维修厂，一个灯是2美元，但手工费要13美

元，旁边一个修车的美国人看不下去，直接就帮我们换了。

一条 LEE 牛仔裤 10 美元，改裤脚得 11 美元。

我们在宜家看到一个很漂亮的公主书桌才 60 美元，想买给女儿，但美国可没有送货上门一说，我们又没有 SUV 或皮卡，首先是运不回去，再者也不会拼装。

从小生长的文化背景不一样，许多看起来很光鲜的东西对你而言就不见得是享受。你做不到，也做不好，自然难以享受其中。

转眼一年过去了，该怎么总结这些日子呢？

在这里，找不到街边廉价的小吃，门口摆着个大锅还冒着热气；找不到满路边的摊位，熙来攘往中间夹杂着爽朗的吆喝叫卖；找不到街头巷尾的藤椅，几个面善的老头摇着蒲扇乘凉聊天……每到晚上 8 点，街上空荡荡的，大家都喜欢待在家里；商品明码标价，交易都是在彬彬有礼中进行的，很少有人提高嗓音……其实，老公有一个相当不错的机会可以留在美国，但我经过考虑后选择了放弃，我怕自己在这里生活会抑郁，即使为了孩子。美国于我而言，除了优质的教育、健康的环境、安全的食品甚至身份的象征之外，还有一些不为我所接受的细节……我更喜欢国内日常生活的一粥一饭，一点一滴，欢喜，焦虑，沟通，分享，哪怕是失望……热闹凡俗，喜气洋洋，焦虑烦躁，那是属于我们独特文化的世俗生活。

移民，只是一种选择，与幸福无关，与能力无关。

（摘自《好日子》2013 年第 2 期）

快　递

梅子涵

现在都喜欢快递。一封不重要的信，一份有点重要的合同，一包盼望读到的书，一盒扬州包子，一袋山西枣子，都会快递而来，弄得门铃不断，喜气洋洋，很像成功人士。

我不但有快递，而且几乎天天有，有时一天多到五六个，喜气洋洋得有点手忙脚乱。

有一天我在书房看着书睡着了，没听到门铃声，没听到送快递打我的手机，当时手机设置为会议状态。

不过当电话再次打来时，我醒了。

“你在家吗?”声音很恼怒。

“我在啊。”

“你看看我打了多少个电话给你！我打到现在没有停过!”很恼火的声音在喊。

“你是谁啊?”

“快递!”他都是喊的。

“对不起，对不起！我刚才睡着了，没听见。”

“你们上海人都不接电话的!”

“上海人都不接电话？刚才是没有听见。”

“你不要说了，你现在下来!”他大喊着，声音非常响，已经无礼得“不成体统”，任何一个收快递的人听见都不可能按得住性子了。

我的火“腾”地蹿上来，那蹿上来的声音也几乎听得见。我飞快地下楼。我要去问问他想干什么？他这是在送快递还是准备拼命？二楼、一楼，我飞快地走，我极力地压制自己的怒火，不让它蹿成歇斯底里。二楼、一楼，我走得快，结果火竟然也被我压得快，散得快，等我开了大门的时候，已经没有什么火。从三楼到一楼的过程，我把自己锤炼了一次。我不想吵架，没有意思。歇斯底里会不成体统。

但是那个大喊的声音想吵，他站在门口，他的脸上只有火!

“你好,”我说，“很对不起，我睡着了，没有听见。如果听见我怎么会不接?”我还说了别的话，表达歉意，也想表达友好。

可是他的气不消。最后，当他把一包书递给我，把签收单扔给我，喊叫着对我说“你签名”的时候，我锤炼了的克制又一次被粉碎，火“腾”地重新蹿上来!

“我不会签的!”我大叫。

“你打电话给你们老板，让他和我说话!”我大叫。

我也歇斯底里了，锤炼的成果很容易被扔弃。我歇斯底里的时候哪里像个教授，只要歇斯底里，那么人人就都是一个面貌。

他说他不要签收单了，跳上助动车开了就走。他就像一团烈火，是滚着离开的。

我站在门口大口喘气，整个上午乃至整个下午的日子，仿佛都已毁坏。

我没有回到房里，而是去追那团烈火了。我像一团烈火似的去追他，我自以为是地要让他向我道歉。我心里的怒火就像是脚底的轮子，可笑极了。

我们的小区很大，可是我竟然追到了他。他已经到了另外一家的门口，他的助动车停在樟树下，他正在和这一家的女主人吵架。

我幸灾乐祸地说："你看你，刚才和我吵，跑到这儿又吵，你很喜欢吵架?"

他没有理我，有些沮丧地回到助动车前，上了车。他也许也在懊悔：我怎么又吵了?

这时，我看到他的头上有好多的汗。

他被晒得很黑，其实他大概只有二十出头的年龄。

二十出头的时候，我正在一个农场当知青，也被晒得很黑。

那时，我不能再读书，他现在也读不了书，干着这样一份按人家门铃，打别人手机，可是别人却可能没有听见的职业。

我用手擦擦他额头上的汗，说："你热吗?"怎么会不热?

他没有避开我的手，猛然流泪了，大滴地落下来。

我突然觉得，自己像一个父亲在抚摸孩子。他的年龄应该比我女儿还小些，是应该叫她姐姐的。女儿正在法国读书，而他呢，骑着助动车，把一包我喜欢的文学书给我送来。

我有些难受起来。

我摸摸他握着车把的手，说："我刚才态度不好，谢谢你为我送快递。你一个人在外面工作，要照顾好自己，让父母放心。上海人都很感激你们的!"

这么说着，我也流泪了。

觉得温暖，心里涌满了情感和爱的时候，人人也都会是一个样子。

这个上午没有被毁掉，被我们挽救了。他离开的时候说："我走了。"我说："你骑得慢一点。"我们竟然有些像亲人告别。

后来，他又来过一次。他有点害羞地站在门外，我说："是你啊，你好吗？"

那以后，我再没有见到他。我很想他再来为我送快递，我会说："是你啊，你好吗？"

（摘自《读者》2012 年第 2 期）

生或不生，先想清楚

张　蕾

伴随改革开放降临的新一代常被贴上“独生子女一代”“物质主义一代”“漂一代”“互联网一代”的标签。这样的背景带给他们的，一方面是自我意识强烈、追求生活品质、视野开阔、价值观趋于多元，另一方面则是迷失于家庭宠爱、生活压力巨大、安全感缺失、心理问题复杂而突出。

凡此种种特质，都导致新生代在生养问题上持有迥异于前辈的态度。结婚、生育是不是人生的必然选择？这一代人被推到不得不思考的境地。

然而，社会的宽容度显然在被不断拓宽。越来越多的年轻人站出来，申明自己不生养的态度。虽然他们各自的想法不同，却共同促成一个令人欣慰的事实：人，正受到更多尊重。

不愿做提线木偶的青年

经过学校门口的时候，十几岁的车明宇看见站在那里等待接孩子的家长们，心生怜惜：“人生的精力都用在这上面……长大后我千万不要像他们那样。”他当时这样想。

看到孕妇，他会悲由心生，他不仅为眼前这个被重物压迫的女子感到悲凉，更因想到她即将面临的生产痛苦而感到压抑。“如果我真喜欢一个女孩子，就不会让她遭这个罪。”他曾这样想着。

如今的车明宇 30 岁了，还没结婚，也不打算要孩子。

车明宇几年前就跟父母提及自己的这一观念，母亲不理解、不赞同，但慢慢地能够尝试尊重；而父亲则是不理解、不赞同，也不尊重。

“我父母一直想让我做第二个我表弟。表弟的房子是父母给弄好的，工作是父母找的，结婚对象也是父母挑的，连是否要孩子都是父母说了算，你说他还活着干吗，像个提线木偶似的从不思考。”

思考对于车明宇来说，是不可或缺的，他说：“对于我来说，人活一辈子，如果不考虑世界的本质，存在的意义到底是什么，就白活了。而婚育问题的独特之处就在于，大部分的事情，做比不去做对这件事情有更深刻的理解，但是婚育正好反过来，单身的人比结婚的人对婚姻思考得更多；不生孩子的人比生了孩子的人对生育问题思考得更多。”

车明宇觉得自己不能胜任父亲这一角色，他认定的父亲的能力包括“有钱、有闲、有精力、有教育方法”，“孩子并不是给他吃的喝的就能养起来的”，正所谓“一生儿女债”。

对于教育的焦虑来自直面惨淡的自己：“我也有道德污点，有灰色甚至黑色地带。我不是圣人，肯定有不道德的地方。”他不放心，这样的自己，能否完成对子女良好的言传身教。

21 岁女孩的无尽忧愁

张驰只有 21 岁，在心里默默地、不懈地跟父母玩着换位游戏。

初中时，张驰谈了一场恋爱，被教导主任告到爸爸那里，小姑娘被狠狠地打了一顿，从此她很少跟爸爸说话。时至今日，她仍与爸爸绝口不谈婚恋问题。

“我爸对我的教育非常失败，但我又不了解其他的教育方式，将来有孩子我可能也会用这种方式教育孩子，那我还不如不生。”

一次在公交车上，张驰听到一个小孩跟母亲哭闹着要食物。女人不理孩子，孩子就叫：“妈妈，我要饿死了！”女人嫌弃起来：“死去死去，赶快死去。”张驰说：“我觉得，我要做妈妈也会是那样的。我感觉那个妈妈也不太喜欢小孩，何必生出一个孩子来作弄自己呢?”

张驰就很可怜自己的妈妈，觉得温柔的妈妈始终过着自我被剥夺的日子。“我学习不好，我爸训我，还会埋怨妈妈没教好。我在青春期时很叛逆，妈妈就经常被我气。我觉得要是将来我变成像她那样的母亲该多可怜啊。”

以张驰为数不多的社会经验，她为假想中的孩子产生的焦虑还不止于此。比如上了幼儿园，老师不注重开发孩子的想象力怎么办？上了小学，老师无良怎么办?

她记得小学四年级时，自己因为说留作业过多的班主任“有病”而被同桌告发，老师咆哮着宣布撤去她中队长和课间操检查员的职务；此后上课她想发言从来不叫她，哪怕只有她一个人举手；当着全体同学的面，称她为“死丫头”“倒霉孩子”……她不知所措，也不敢告诉父母，因为在她心里，父母和老师是一伙儿的。

“我想，要是我的孩子碰到这种事可怎么办啊，他只能孤独地走过童年的阴影。”

到了中学又要面临升学的压力。张驰想来想去，压迫感似乎逃不掉。

过自己的人生

从27岁开始思考生育问题，到30岁时裸婚，如今的秦子怡算是在一定程度上实现了自己当初的梦想——与父母不同。她自己开公司，不给别人的大机器当螺丝钉；她决定不生孩子，过相对纯粹的自己的人生；她张罗一圈人搞互助养老，在坚持自我的同时不忘加强社会联结和支撑。

秦子怡的生育观更多的是社会塑造的。大学毕业时她来到一家小公司，斗志昂扬地想着“只要努力工作就有机会”。她每天7点就到公司，自愿加班，赢得了老板的赏识，但也时常与老板发生争吵。比如供应商说，一个月才能供货，而她的老板要她去逼迫对方，必须7天供货，她会跟自己的老板争吵：“为什么强人所难啊？”

她公私不分，把谁都当朋友，后来发现别人会利用她的真诚。

“这特别颠覆我的价值观，人为什么这么卑劣？”她说。

在小公司待得腻烦后，她又想到大公司充电，但公司政治让她困惑。她看到在公司待了十几二十年的人，统统都是一副嘴脸。“面具戴久了，就摘不下来了。”老同事提醒她，“不想被制度化，就早点离开。”她开始思考自我价值。

“我不想变成那样，一个女孩如果变得功利化，就会成为一部机器，一点都不可爱。”

秦子怡想保持自己的纯真，却用了最富有挑战性的方式，她到一家小公司做销售。

“这个公司让我接触到城管、工商、税务……我的工作是给人家送礼，陪人家吃饭、打牌，那时候我觉得人都要崩溃了。其实，这些人都是逢场作戏，表面上对你呼来喝去，其实是在给你信号，让你给他点好处。所以，当时我就对社会现状挺失望的。”

如今，在听到一些父母对她说孩子多么可爱时，秦子怡会反驳：“做丁克不是因为觉得孩子不可爱，或者觉得孩子烦，而是不想让曾经那么纯洁的孩子，最后变成一个让人厌恶的人。”

秦子怡觉得自己够幸运了，不仅没有失足，更难能可贵的是坚持了自我。她感到社会力量太强大，不可控，自己幸存了，生个孩子出来，如何保证他（她）能同样幸运？

不生孩子，解脱那个生命不能自决的风险，也是一种保持自我的方式。

（摘自《读者》2013 年第 4 期）

大城市和小城市

闫　红

2014年春节，有个关于城市大小之辩的帖子被疯狂转发。

一个叫王远成的男子回顾，他大学毕业时来到上海，月薪只有1500元，9个人合租一套房子，他生活得困窘但不狼狈，那时的他，像一个永动机一般充满活力。他不断地接受新鲜事物，并将其融入自己的工作中，他持续加薪，和能够与自己相濡以沫的女孩相恋，他也喜欢这座国际化大都市的各种便利，他说："那是一个神奇的城市。"

后来因为母亲得了肺癌，他不得不离开他所爱的城市和女孩，回到家乡乌鲁木齐。父母帮他找了个事业编制的工作，他们家有几套房子。可是，待得越久，他就越憎恨那种固态的、混吃等死的日子。三线城市人际关系暧昧复杂，待得并不舒服，他怀念上海，他说一定要回去。

有位上海作家转发这个长微博时加了一句"不敢来大城市拼命，就只能在小城市等死"；另一位作家写了条微博说她不喜欢大城市，就喜欢在小地方待着，“打拼”其实是内心自卑、迫切需要外界认同的表现。我不由扪心自问，单就我自己而言，小城市真的更可爱一点吗？

显然不是。

1998 年，我在家乡小城找不到工作。这首先是我读的学校不够过硬——我初中时开始发表文章，便开始自以为是地偏起科来，学习成绩一塌糊涂，但我的要求也不高，暂且在某个文化单位当个“临时工”也可以，我们那儿很多没读过什么书的年轻人都是这样解决工作的，当然，我也得承认，这是大院子女的惯性思维。

这个“大院”，跟王朔、冯小刚他们的大院没法比，不过是小城的市委家属院而已。我父亲是个正科级干部，我后来才明白，像他这种“主任科员”没有实权，也没有优势可言。

但我从小就在市委办公大楼里出没，叔叔伯伯们都知道我写文章，热情地喊我“大才女”。这种虚假的繁荣，使我在读书时曾抱有一种幻想。可是，当我站到他们面前，不管那些叔叔伯伯是文化局的，还是文联的，笑容依旧，只是“大才女”的称呼变成了一串熟练的“哈哈哈”，然后，看看天，看看手表，找个理由，顺利地金蝉脱壳了。

能以“哈哈”应对，还算客气。我又去见一位更熟悉的“伯伯”，他在某文化单位任要职，曾激赏我的某篇文章，我对他抱以更多的希望。但在他家的客厅里，他的脸色冰冷如铁，他说：“你说你会写文章，可我手下的每一个人都会写。”我在没有被他的脸色击垮之前，勉强念出来之前准备好的最后一句台词：“你给我个机会让我试试吧。”他说：“那是不可能的。”

在那些日子里，我每晚都不能入睡，小城的夜寂静如井底，把心沁得冰凉。我怀疑自己这辈子都找不到工作了，想起小时候上学时经过的那条巷子，那里是小城的棚户区，一排黑乎乎的小屋，经过时可以看见居民在里面刷牙、洗脸、吃饭，以及站在床上穿衣服，我想，那也许就是我的将来。

我知道读者可能会指责我，为什么只愿意去文化单位工作呢？世上有那么多条路。怎么说呢，电影《东邪西毒》里有句台词，说一个人要是学了点武艺，会点刀法，其实是件很麻烦的事儿，你就不愿意种地了，也做不好工了，世上很多事情都做不来了。这话很有道理，以我为例，我写了几篇文章，在《散文》《随笔》《萌芽》，还有《人民日报》上发表过，也就觉得有很多工作不适合我了。

想过要离开，去别的地方，再也不回来，死在外面都不回来了。许多人年轻时，对家乡都有这种怨气吧，鲁迅写绍兴，也殊无好感，可能是因为，撇开在父母羽翼呵护下的童年和少年时代，我们与家乡零距离接触的那几年，正好是我们最弱小的时候，受伤在所难免，结怨就理所当然。

但是我一时没有离开的机缘，倒是有一天，一家民企的一个工作人员来找我，问："你愿意到××公司上班吗？"我以前并不认识他，他是个资深文青。

那是小城里最大的民企，有酒店也有商场，我说愿意去看看。于是他带我去见那家民企的董事长。董事长是个看上去精明强干的男人，我忘了他问了我些什么，印象深的只有一点，他说之前那个工作人员已经把我的文章都复印了，他这几天一直放在床头看。

我如遇知音，第二天就上了班。一个文友闻讯前来阻止我，说："你到那里能干啥？小城不缺一个端茶倒水的小职员，你肯定不是干这个的。"这话听了很受用，我却也只能一笑了之。事实上，虽然有所谓"知音"的铺垫，在那家公司，确实也只能干个端茶倒水的活，以及每天早上和大伙儿一起打扫董事长的办公室。办公室主任告诉我，擦那张大大的老板桌，一定要一鼓作气，从这头擦到那头，不能停顿，否则会留下不显眼的污渍。

有时也陪董事长参加宴会，华丽的厅堂，冠盖云集，小城里的各界名流，在酒桌上说着他们的笑话，觥筹交错。而我是无措的，无措到以我的记忆力，居然记不起宴席上的任何一个细节，记得的是董事长对我不会说话、不会敬酒的不满，以及整个公司对我不能够掌握同时帮董事长拎包和拿茶杯技巧的善意取笑。

我不觉得失落，因为我自己也想不出能在这儿干什么，甚至于我都不明白，这个不缺人的公司，为什么要招我这样一个明显不合适的人？是对写作者的同情，还是想多“才女”这么一个品种？

更多的时间里我无所事事，为了不显得太无聊，我就趴在桌子上写文章，写完寄给本省的一家晚报。几天后，我按照报纸上提供的电话号码打过去，副刊编辑高兴地告诉我：“文章已经发了，好评如潮啊！”接下来的几个星期，我又发了两三篇，当我发到第四篇文章时，那位编辑写了一篇文章，将我和本省的另外两位女作者放在一起做了点评，题目叫《解读小才女》。那年，我 23 岁。

和我同时被点评的一个女孩对我产生了兴趣，她对她的一个男粉丝说：“你要是能找到闫红，我就请你吃饭。”那个男粉丝得令而去，用电话疯狂地骚扰了我可能出现的每一家单位，有一家单位提供了我家的电话。他打去许多个电话之后，我终于下班了，我听到他在电话那一端欢快地说：“来吧来吧，我们都想见到你。”

我跟公司请了假前往合肥。那年头人心简单，丝毫没有考虑到骗局什么的。和女作者与她的男粉丝见了一面，女作者现在是我的朋友，男粉丝从此后却消失在茫茫人海里，问那女孩，她说：“我不知道他去了哪里，不知道他怎么冒出来又怎么消失的，好像他只是为了把你引到合肥而出现的。”

那是一次至关重要的旅行。我顺便去拜访曾著文力推我的副刊编辑，他是一个羞涩拘谨的男子，却告诉了我一个改变我人生走向的消息，他说：“省城的某报在招聘，你一定要去试试。”

我去了那家报社，除了一张身份证，没有带任何证件。我嗫嚅着跟办公室的工作人员说明我的情况，一位女士回头笑问背对着我的年长者：“吴老师，你看能给报名吗？”年长者没有转身，说：“够条件就给报，不够条件当然不给报。”女士无奈地笑看着我，我知趣地退出。

我并没有转身走开，想了想，径直走进总编办公室，一口气说完我的情况。那位总编没有表情，只是在听完后对我说："走，我带你去报个名。"

就那样报上了名，笔试、面试，不敢抱太大希望。那是1998年，该报打出的广告是年薪3万，应聘者挤破门槛。

回到家乡的第二天，我接到报社办公室的电话，通知我后天去报到。后来我听说，在面试之后的会议上，是那个曾背对着我的吴老师替我慷慨陈词，说："这样的人不要我们要谁?"又有人告诉我，会议结束后，他坐在休息室里抽烟，眯着眼，微微笑着，有人问他有没有招到人才，他说："有个叫闫红的很有灵气。"我完全想不出是哪句话打动了他，当时因为我过于紧张，几乎语无伦次。

我去那家公司辞职，副总遗憾地说："唉，我们正准备派你跟某某考察包衣种子市场呢。"我也觉得遗憾，这可能是我在小城那两年，得到的最有趣的工作了。

我来到合肥，就像随手抽中的一根签，上面写着"上上大吉"。虽然一年之后，我就因在"敌报"上发表散文而被辞退，但当我来到"敌报"，跟总编自荐之后，总编面无表情地听完，对我说："你明天来上班吧。"

这家"敌报"社，就是最初推荐我的那家报纸，《解读小才女》的作者成了我的同事。

之后的生活顺风顺水，我在这里结婚、买房、生子，人际关系简单到可以忽略，也没有让人厌烦头疼的人情往来。这似乎是为我量身定做的一座城市，它不繁华也不喧嚣，更不排外。它房价适中，气候温和，街道干净，街边栽种着浓密的灌木与花草，新区里多公园与小湖，一年四季桃花红、李花白，桂花、梅花开个没完。它更大的好处是小，以我自己的生活为例，学校、单位、超市、电影院、书店、大剧院、体育场，皆可步行抵达，而步行时可以一路赏鉴那些默默开放的花朵，以及突然惊飞的一只白顶黑背的小鸟。哦，对了，有一次，我还在路边邂逅一条小蛇，可见生态环境之好。

有时也不免想，假如当年我没有出来，会怎么样？会在那家公司干下去吗？我的直觉是不会，最好的情形也不过是终于博得谁的同情，去某个文化单位做个“临时工”，拿着比别人少一大截的工资，逢年过节给领导送礼，眼巴巴地等着转正，一等可能就是五六年、七八年——有几个和我处境相同的人，在那里是这样过的。

说了这么多，我不是说小城市不好。我相信中国一定有无数可爱的小城市，甚至于家乡的小城也不见得就不好，也许是我运气不好，也许只是那地方不适合我，应该会有很多人，在那里拥有着真实的幸福，但是，若我在那里，确实只是等死。

这些年，也经常有人问我：“你为什么不去大一点的城市呢?”本省的一位作家直接问：“你为什么不去北京?”我没法回答，我不是一个有魄力的人，在被那家报社辞退的那一年，我给北京的一家报社投去过简历，没有收到回复。

那时我 24 岁，很年轻，如果能去成，可能也就去了。那几年，是去北京的黄金年代，亲戚买的东四环外的房子 6000 元一平方米。一开始去可能有点艰难，咬紧牙关，打拼几年，总能够生存下去，我不知道如果去了，现在的我是什么样。

现在的我和北京，都明显不再相宜。房价且不说，交通也让我头疼。还有各种限购、抽签上牌，这座城市对于新移民可谓严防死守。

再说又何必去北京呢？网络这么发达，长途话费一分钟 0.15 元，包月套餐都用不完，传说中的那些歌剧、舞剧、演唱会，早已将二三线城市当成新市场，在这里并不缺少什么。

但似乎还是缺了点什么。在微信朋友圈里围观朋友们的生活，总觉得他们比我活得要投入。的确，那么高成本地生活着，一定要更加不辜负自己的心吧，不妥协，也不轻易放弃自己。从合肥去北京的一位作者就对我说，她回到合肥，见到很多女人，不过 30 多岁，口口声声说把小孩弄好就行了。

她总可惜她们太早地放弃了自己。

她这话让我警醒。

我在北京见过一个女人，锦州人，退休后来到北京，租了一间小房子，学画画，参加各种文艺活动，很精神，很有斗志的样子。我觉得她为我指了一条路：等我老了，没准也会选择做个老北漂，那时我就不想买房子了吧，那时坐地铁该有人给我让座了吧，趁着胳膊腿还能动，我在北京城里东遛西逛……想想这样的夕阳红，觉得人生还有点奔头。

（摘自《读者》2014 年第 7 期）

董小姐出逃记

魏　宇

2013年，32岁的董小姐选择离开北京。唯一值得安慰的是，两年前她在老家N市购置了属于自己的房子。N市是长江北岸的一座小城，董小姐看中的楼盘离家足有40分钟车程，父母觉得太远，但董小姐是在北京闯荡过的人，她觉得这里是新城区，又靠近市政府，发展一定不会差。

收房一年后，N市楼市仍然深陷泥淖，节省了一辈子的父母觉得闺女的房子买亏了。但不久后市里新政策出台，市重点中学迁往新区，周围房价一路飙升。董小姐的房子即便立刻出手，至少也能赚50万。其实董小姐对房地产投资一窍不通，单凭"对政府行为的一种直觉"，她相信，若不是在北京生活过，自己一辈子也不会拥有这种直觉。

董小姐刚到北京时，在一家新闻周刊实习。老师们聪明、睿智，与人为善，是她生命中出现的第一拨"牛人"，虽然选题会上的公共议题和晦涩名词让她感到陌生，但跟着这样一群人"指点江山"，仍令她兴奋不已。尽管上班挤地铁令董小姐觉得毫无尊严，和朋友见面吃饭总要跨越大半个城市，但她仍开心地告诉父母："北京是个好地方，它给人的机会是平等的，只要肯努力。"

城市繁华，不代表每一个人都可以在这里安身立命。渐渐地，朋友聚会的话题只剩下房价和育儿经。董小姐也开始担心自己的未来：非京籍身份不能给下一代提供保障——尽管自己的婚事遥遥无期。周围的已婚朋友为买房而办假离婚；同事的父母为帮着带孙子，一家4口挤在一个开间里；在某个冬日，当董小姐的房东未提前告知就将她租的房屋卖给别人时，无处安身的董小姐终于开始动摇——物质从来都是个终极问题。

2013年"五一"黄金周，父母来京看她，一家三口打车到很远的东六环看楼盘。当时这里房价1.2万元/平方米，因为周边太荒凉，合适的小户型已售罄，一家人放弃了。那时董小姐不知道，半年后首都房价将再次上扬，达到新的顶峰。"这是一种个人无力反抗的现实，你只有放弃结婚生子的权利，才能没有负担。"董小姐其实不赞同这种说辞，她认为这是推诿责任的同龄人的借口。

2013年晚秋，董小姐的工作压力很大，每晚和母亲通电话都会发牢骚，而母亲用更大的不满来回应：抱怨董小姐在婚姻大事上不花心思。对于母亲来说，敝帚自珍的闺女，一眨眼的工夫，惶惶然成了剩女……直到有一天，父亲告诉她，已经托关系为她在老家谋得一个职位，"回来吧！"家乡成为一个受伤之后的避难所，甚至是世外桃源。对于董小姐，这是一种召唤——去过新的生活。

家乡熟悉、安逸，也庸常、飞短流长。在很长一段时间里，董小姐都在和周遭的成见、内心的魔咒做着斗争："只有混得不好的人才会回来！"而下一秒，她便会隐藏心底的不安，平静淡然地回应："哦，我在北京待过那么久，我不喜欢那儿。"她没办法跟他人详细解释关于那座城市的一切，他们作为旅游者，感受过那里的污染、拥堵，却又没有真正抵达过。

工作一段时间后，董小姐等来了一个升职的机会。她把竞聘书交到顶头上司的办公室，上司说：“我就知道你是个有想法的女孩……”说着把手放在她的大腿上拍了几下，就不拿开了。董小姐有点木木的，不知道该怎么办，该笑？该点头？还是……她木木地微微鞠躬，说“谢谢领导”，便起身出了办公室。后来，董小姐越来越不知道该如何与她的领导相处，终于也没能被选中升职，一个比她晚进公司一年的男孩子获得了提拔。董小姐对工作开始变得懒懒的，后来索性换了一份工作。

回家乡后，托亲戚关系，董小姐进入了当地税务局。单位里的大姐们不但喜欢挖人隐私，也爱给年轻人们牵红线。作为一个自认为经济收入中上、受欢迎程度中上的 32 岁北漂还乡女来说，和“相亲”二字扯上关系，简直是“奇耻大辱”。但是，由于北京和老家之间的地域差而产生的惊人的时间差和观念差，她正在日益成为一个“老姑娘”的这一事实和几乎每周都要送出去的结婚、生娃红包而给父母带来的焦虑和耻辱感才是真正摧枯拉朽的力量。所以，董小姐社交生活的重心就是相亲。

回到 N 市半年多，来自北京的消息依然繁杂。北京这座城市，似乎早已打破了传统意义上的“城”这个概念，取而代之的是“都市”概念。“宜居城市”再次被提出，北京南边形成一个经济新区。而在房产税的征收和“小产权房”清理方案等一系列政策推出后，房价涨幅也减缓了。中国的大学毕业生一直还在寻找能实现幸福感最大化的“地点+工作”的组合。他们考虑的不仅仅是工资的高低，还有所选择的城市能够给他们带来多少公共品消费。

很多人说，北京是一个 30 岁结婚都不嫌晚的地方，是有人在大马路上大吼却无人理睬的地方，是让人时刻受伤却要假装坚强的地方，是很多已婚人士把自己留下把孩子送回老家的地方，是年轻人早上拿着鸡蛋灌饼追赶公交车的地方，是一个不交社保不能买车买房的地方。对于董小姐，她在这里挥霍了 7 年的青春：她去工体看演唱会，去簋街吃麻辣小龙虾，到国家图书馆消磨时光。

永远拥挤的地铁、经常迷湿眼睛的灰霾……董小姐开始怀念这座包容性很强的城市。2017 年 6 月，董小姐再一次出逃，这一次目的地依旧是北京。她说，回归家乡的生活让她明白自由和安逸不可兼得，她选择了自由。人生是单向度的，她已经没有办法回到过去。

（摘自《北京青年报》2014 年 1 月 6 日）

购物车和星辰大海

王梦影

我花钱最凶的时候，通常是觉得能占便宜的时候。“双 11”就是这样的巅峰时刻。

这个毫无文化根基，靠买买买站稳脚跟的节日如今主要分为两个阶段。首先是从 11 月 1 日到 10 日的布局：追踪历史价格，比较优惠力度，把商品从购物车里删了又添。

这一阶段相当于春节时包饺子，费时费力，但其乐融融。

第二阶段则是 11 日零点后的那 10 分钟，如同饺子端上桌后吃的第一口，热气腾腾，所有想象和等待汇集到舌尖。那是饺子美味的 99%所在，是幸福的提纯。程序员严阵以待，全国人民争先恐后地花钱，据说某一秒内就有 14 万笔订单达成。

我不确定这 14 万笔订单的主人是不是真的需要他们所购买的物品，甚至不确定他们是不是真的省下了钱。2017 年“佳节”恰逢出差，我见缝插针、精打细算，为了最终约400元的满减优惠花费了近300元的流量费。我很快乐。

这就是这个节日狂欢的精神：总是在假装理性的时候流露出格外神经质的一面。

我不是消费主义的信徒，不觉得购买能有多大的力量，只是单纯赞叹：人类个体不可言说、不可测量的感受，可以汇聚成令人惊叹的群体行动力。在这一层面上，“双11”凝聚的人类活动不亚于修建长城和金字塔——我们想到了，于是我们就去做了。没啥特别的原因，就是乐意。

当1682亿元人民币被抛洒在电子海洋里时，《自然》杂志不声不响地刊登出一篇论文，引发了震动。一支国际团队发现了迄今为止爆发程度最剧烈、爆发方式最奇特的超新星。

一般的超新星爆发源于恒星的壮丽死亡。恒星在演化进程中发生剧烈的爆炸，辐射照亮整个星系，然后最多100天，便逐渐暗淡下去，不再亮起。但这个家伙早在1954年，就已经发生了一次非常剧烈的爆发。事实上，在最近两年内，它至少经历了5次变亮和变暗，却没有轻易逝去。

它好像星辰界一个不老不死的僵尸，始终眷恋着宇宙。

发现和认识这些不太正常的超新星，对未来精确宇宙学说有着非常重要的作用。人类不再像懵懂的孩子，指指点点、牙牙学语，试图归类和描述身边的一切，而是拿起标尺，以定量的眼光去重新丈量和认识宇宙。

这是我们这个有趣时代的又一面。面对玄而又玄的远方，理性总在寻求着恒定、简洁甚至优美的答案。

我忍不住想，当理性的力量走得足够远，有一天，我们或许真的能追溯到时间的源头，触及宇宙的边疆，甚至遇到其他的智慧生命。那么，其他生命会看到怎样的我们呢？

如果他们看到“双11”这天的我们，搞不好会一头雾水。这群碳基直立智人，毫无智慧生物的尊严，突然群情沸腾，疯狂敲击面前的通信设备，消耗了无数能源，又在接下来的一个月里根据某一分钟的点击结果把地球上的资源搬来搬去。最可怕的是，他们乐在其中。

如果他们看到的是未来的我们，我怀着对人类最美好的祝愿，猜测那时也仍然会是一片忙忙闹闹、胡搅蛮缠，非常了不起但好像又没什么意义。

《三体》里描述了“黑暗森林法则”：天黑路滑，宇宙复杂。作为孤独的智慧生物，最好是闷声发大财，一旦张扬起来，就不得不面临吃与被吃，且很大概率是被吃了还不知道是怎么被吃的。

道理我都懂，就是觉得有点可怕。我更喜欢的是《银河系漫游指南》里的那个宇宙。在那里，生命与生命除了吃与被吃、高级与低级这些硬逻辑，还有乱七八糟的温柔相处。那里的文明，除了恶意的、善意的，还有疯疯癫癫的。在那个宇宙里，最伟大智慧的最先进电脑吭哧吭哧算了几百年，终于得出了宇宙的终极奥秘——42。无厘头吗？

我更愿意相信，那样好玩的宇宙不只是存在于虚构中，而是与我所在的宇宙重叠着。

毕竟，2017 年的诺贝尔物理学奖得主都说了，能穿越时空的，还有爱。爱嘛，是多巴胺，是费洛蒙，是心跳的正弦曲线，是神经电流的二进制编码，也是更多、更大、更无法形容也无理可依的事情。

（摘自《中国青年报》2017 年 11 月 15 日）

远方想象，这个时代的重要症候

曾于里

时下的电视荧屏上，民宿类“慢综艺”节目扎堆。《亲爱的客栈》《青春旅社》《漂亮的房子》以及《三个院子》等“慢综艺”的走红，不仅仅是因为它们提供了与竞技类“快综艺”不同的味道，还在于其贯彻的一种“慢生活”和“远方想象”，击中了现代人的内心。

这些“慢综艺”节目在拍摄地选择上可是特别讲究的。“慢综艺”不约而同地构筑了一种远方想象：远离现代都市的城市森林和车水马龙，到某个安静美好的地方，日出而作，日落而息，与自然亲近，与远道而来的客人自在地谈天说地。“采菊东篱下，悠然见南山。”“开轩面场圃，把酒话桑麻。”

这样的远方想象，已经成为我们这个时代的重要症候。无论是“世界那么大，我想去看看”“我要去云南”“生活不止眼前的苟且，还有诗和远方”，还是营销号屡试不爽的“逃离北上广”活动，都引起了广泛的舆论反响，它们共同昭示的是当下中国中等收入人群对远方的一种渴望。关于远方的想象是如何构建起来的？远方真的有关于生活的所有真谛吗？

谁的远方

首先，谁在说远方？

每天凌晨就得起来扫大街的清洁工阿姨，每天在建筑工地上辛苦劳作的农民工，或者在工厂流水线上忙碌的年轻人，他们不会总嚷嚷什么远方。已实现财务自由的人，随时可以来一场说走就走的旅行，他们想要的远方早就触手可及，也不觉得这有什么可羡慕的。因此，在说远方的，往往是夹在这两个群体之间的人，你可以称他们为小资、中等收入群体，或者统一称之为都市白领。都市白领既是远方的践行者，也是远方的忠实信徒。

与远方相对应的，是眼下生活的苟且。对于远方的向往，首先意味着对当下生活的不满和逃离。这与都市白领在社会经济结构中所处的位置有关。无论是意识形态还是消费体系，都在不断给他们灌输这样一种理念：他们是社会的中坚力量，只要勤勤恳恳工作，就可以过上体面的生活。可惜，理想很“丰满”，现实很“骨感”。奔走在大都市的钢筋水泥森林，疲于应付职场中的快节奏与复杂的人际关系，庸庸碌碌、浑浑噩噩，不过是另一种“流水线”上的“高级劳动力”。固然大城市机会多，但竞争也尤为激烈；加之买不起的房子、还不完的贷款和账单、令人心烦意乱的堵车，不少都市人感觉到的只有累。

他们想挣脱现实臃肿的肉身，到远方寻求美与自由。“飞机起飞为我们的心灵带来愉悦，因为飞机迅疾的上升是实现人生转机的极佳象征。飞机呈现的力量能激励我们联想到人生中类似的、决定性的转机。它让我们想象自己有一天能奋力攀升，摆脱现实中赫然迫近的人生困厄……飞机下面是我们的恐惧和悲伤之所，而现在，他们都在地面上，微不足道，也无足轻重。”

阿兰·德波顿在《旅行的艺术》里准确描述了这种“逃离”的心理。远方不仅仅是一个旅行目的地那么简单，它还被构建成一种可以逃离现实，实现精神自由、心灵自由的庇护所。

现实秩序外的片刻想象

第二次世界大战之后的美国，也有一群年轻人发起了类似走向远方的运动。他们是著名的“垮掉的一代”。1957 年，美国作家杰克·凯鲁亚克发表了小说《在路上》，这部小说后来被视作所谓“垮掉的一代”的精神宣言。小说讲述的是一群美国青年几次横穿美国大陆，最终到了墨西哥。一路上他们狂喝滥饮，高谈东方禅宗，走累了就挡道拦车，夜宿村落。他们从纽约游荡到旧金山，最后作鸟兽散。他们过着一种脱离了惯常轨道的生活，放荡、四处流浪。在“垮掉的一代”这里，远方不是某种疲倦后的想象，它是时时刻刻地“在路上”；远方既是自我放逐，更是对当时社会秩序的一种挑战。

当下中国社会的远方想象，并没有从“在路上”中获取精神资源。恰恰相反，我们的远方是剔除了种种反叛、残酷的东西的。舆论中常常提到的远方目的地，有大理、西塘、乌镇、厦门、拉萨……还有某些欧洲国家，这些目的地是氤氲在某种理想、自由与文艺气息当中的。都市白领青睐的是康斯坦丁·帕乌斯托夫斯基描述的远方：“旅途上总会遇到一些意料不到的事。你永远不知道什么时候会有狡黠的流盼在女性的睫毛下一闪，什么时候远方会露出陌生城市的塔尖、天际会出现重载船舶的桅杆，或当你看到狂吼在山峰上的大雷雨时，会有什么样的诗句在脑海中涌现，以及谁的歌喉会像旅人的铜铃般，对你述说含苞待放的爱情小调。”

换言之，都市白领渴望的远方，是一种柔化的远方，一种充满美、意境和格调的远方。这样的远方，既与残酷和贫穷无关，也与真正的反叛无关，远方不过是他们在现实秩序外的片刻想象。他们不会在远方扎根生活，过过眼瘾、拍拍照片后，他们还是规规矩矩、行色匆匆的上班族。

柔化的远方想象如何形成？这首先是都市白领不自觉地进行的“文化区隔”。布尔迪厄在《区隔》中指出，一个阶层在成长过程中，需要通过经济、政治、文化资本确定自己的身份，并将自己与其他阶层区隔开来。文化区隔是中产阶层的惯用手法，他们通过品位、中产趣味来明确自己的阶层边界。大理、西塘、乌镇、凤凰等地成为都市白领的“根据地”，因为这些目的地都带有某种小资与中产式的格调和气息。

其次，远方早就落入消费主义的陷阱。都市白领成了后工业时代文化旅游观光产业的主力军，消费主义捕捉到了都市白领的需求。它们先是充分迎合，接着通过对旅游目的地的包装和改造，以及狂轰滥炸式的广告宣传，对都市白领进行引导和培训。时下不少旅游景点打出的宣传口号都是“小清新”“寻找心灵自由”“精神洗礼”之类，旅游被包装成一种融合心灵寻觅、健身、休闲、时尚等诸多元素的高级运动。虽然目的地大多千篇一律，“从一个工厂里生产出来的一样，散落在全国各地，那里一定有台湾奶茶铺，有火柴天堂，有烤鱿鱼和炸臭豆腐，有廉价工艺品，有时光邮局，有青年旅社，也一定有酒吧”。

远方没有一劳永逸

面对现实的困厄，远方或许并不是一劳永逸的救赎，并不是出去转一圈回来，就能改变世界了。首先，远方多半只是我们的想象，我们的远方其实就是当地人“眼前的苟且”。比如很长一段时间以来，媒体中有不少关于尼泊尔、不丹等“幸福”国家的报道。但事实是，尼泊尔、不丹都属于全世界最贫困的国家之列，贫穷、匮乏在那里都是常态，基础设施落后，平均寿命低于全球平均水平。我们只不过是和我们不太了解的事物互为远方，远方的“滤镜”屏蔽了当地人的困苦。

其次，如果我们无法勘破现实，那么远方里也没有关于现实的答案。费尔南多·佩索阿在《惶然录》中这样写道：“通向 N 市的任何一条道路，都会把你引向世界的终点。但是，一旦你把世界看了个透，世界的终点就与你出发时的地方没有什么两样……我们所看到的，并不是我们所看到的，而是我们自己。”也就是说，如果你没有想通，那么走遍全世界你依旧无法想通，甚至走向远方反倒成了对现实的逃避。

很多人就成了英国作家安妮塔·布鲁克纳笔下的“浪漫主义者”，他们“好像总是游荡在废墟间，或者是瀑布旁，或者是山里；他们总是在思考永恒，或者在发疯；而且众所周知，他们都认为满怀希望地旅行比抵达终点更好。在无法忍受的境况中无休止地说理，却依旧被这样的境况所限”。或者是毛姆笔下的“心智平庸者”，“他心智平庸，却孜孜追求高尚娴雅，因而从他眼睛里望出去，所有的事物都蒙上了一层感伤的金色雾纱”。于是，出去玩一趟回来，发现一切如旧，什么也没有改变。

说到底，想象远方并没有错，“生活不止眼前的苟且，还有诗和远方”也没有错。只是很多人犯了两个错误。一方面，他们将眼前的苟且与诗和远方截然分割、对立起来了，可实际上，眼前既有苟且，也有诗和远方，工作再忙碌，总可以抬头看看天上的月亮。另一方面，他们将诗和远方具象化了，诗就只是诗歌，远方就必然是某个度假村或旅游胜地。可实际上，“诗和远方”更近于抽象意义上的概念，它还可以指涉一种心灵空间、生活想象和生活方式。远方，可以是心灵的远方，即便囿于鸡零狗碎，也不放弃对自由和美的热爱和想象；远方，也是一种生活方式，生活节奏再快，也应该给自己放空的时间，慢下来、静下来，想想初心再出发。

“世界上只有一种真正的英雄主义，那就是在认清生活的真相后依然热爱生活。”心有远方，热爱当下，这也是一种英雄主义。

（摘自《读者》2018 年第 3 期）

出租车里的故事

李　想整理

出租车，我们在城市里几乎都坐过。

它便捷而安全。我指的安全，是心理层面期待的安全。不用动脑子，坐上车，自然就相信它会把你带到应该到的地方。

当然，它其实也没那么安全。女孩子总有类似的经历，在夜里坐车，司机多跟你聊几句，免不了心惊胆战的。但生活里更让人期待的是，轻车熟路的老司机，知道怎么开能最快飙到机场，让你不至于误机。

这样一个密闭的空间，发生过很多有趣的事情。我们采访并选取了几位网友的经验，得出的结论是：远比我们想象中更有趣。

@匿名：

2016 年 6 月，我最好的闺密在大连结婚。

我订了前一天下午 6 点的飞机，叫了个出租车去机场，结果遇上了一个刚跑车三天的司机，不认路，按着导航走，结果该走辅路的时候没走，一路开到外环上了，又赶上晚高峰外环堵车……五点半了我还在车上坐着，车一直在走走停停，我就在后座上急哭了，然后……司机说你别哭了，我开车送你去……

就这样我就开始了人生第一次自驾游。

半夜三点多到的大连，当然司机也没走，我们找了个小馆子吃了碗拉面，然后……嗯……

反正第二天他跟我一起去参加婚礼了。

再然后，今年 10 月 2 号，我闺密要来参加我们俩的婚礼了。

这算不算印象深刻?

@ 花佛:

这故事听来的。

一次跟一个姑娘聊天，不知怎么拐到搬家这个话题上，她掰着指头数了数，又回忆半天，说她在北京九年总共搬家超过三十多次。

最惨的一次，去外地跑龙套回来，房东半夜堵门让她滚蛋，拖着两个大行李箱，背着一个大包，挎着一个小包，站在街头，她不知道该往哪儿去；要是白天还好，可以去朋友那儿挤一挤，暂时落个脚，那会儿是大冬天，凌晨 3 点多，她一遍一遍翻通信录，找不到一个能收留她的地方。

寒风逼人，她兜里只有几十块，随便打了个车，上车后跟师傅坦白，自己就几十块，没地方去，师傅要是收车回去，她能不能在他的车里睡一宿。

她告诉我的原话是，实在冻得已经麻木了，心想只要这师傅给她一个暖暖和和睡觉的地方，随便他干什么。

师傅上下打量了她几眼，就说了一句，跟我回家吧，车里睡冻死怎么办。她反倒松了口气，太好了。

车子出城一路开，越走越黑越走越荒凉，她心里开始打哆嗦，可能是那段时间碰见的糟糕事一个接一个，她说自己的心都成了石头蛋，后来一横心，管他呢，爱怎么着怎么着吧，活得太累了。

结果到了师傅家，完全不是那回事，师傅的爱人一直等着他回家吃饭，师傅拉着爱人进去简单一说，大姐啥也没说，把她接进去，又是热茶又是热汤面，还把被褥准备好，让她跟自己七八岁的孩子一起挤着睡。

等她从一个冻透的石头蛋暖和过来，躺在温暖的被窝里，终于感觉自己又回到了人间，没掉眼泪，什么也没想，一个又饿又困又累又冷的人吃饱喝足躺在热被窝里，瞬间就睡死过去。

第二天醒来，她带着孩子出门在村里小卖部买了点孩子爱吃的小零食，打算回来后跟大姐告辞，大姐听说她的毕业院校和职业后，忽然开了脑洞，这大冷的天你上别人家也是凑合，在我家也是凑合，干脆这样，你在我家猫过这个冬天，没事给我家丫头上上课，陪她玩闹，随便接送她上下学，你瞧怎么样?

她在那家待了二十来天才走，走的时候胖了好几斤，后来有了点小名气，大哥的出租都快成了她的专车，一直到她改行。

@wanna disappear：

2017 年 2 月 6 日终于和朋友在国内团聚了……打算好好放肆一把，于是晚上 10 点半我俩打车去了海边（嗯，沿海城市）。

寒冬腊月，我俩在风中凌乱着，沙滩上只有我俩和呼啸的海风。我俩就聊着笑着然后闹着过程中，一辆出租车停在了路边，不拉客也不离开。直到我俩实在受不了寒冷之后，走向了那辆出租车。

朋友开着玩笑问，司机师傅为什么一直等我们。

司机师傅说的话，我到现在还记得。

“刚才送你俩来的那辆车让我没事来接你俩，这个地方不好打车。天太冷，你们两个女孩不安全。” （瞬间想泪目）

然后一路上，师傅就说世界很美好啊，生活依旧要努力之类的话（他以为我俩半夜去海边跳海的……）。

直到到家，我进了小区，他才掉头离开。

虽然整个事件很乌龙，但完全是寒冷中的一碗热汤啊！独自在国外生活的时候，感觉一切都能靠自己做好。但真当有人在你没有防备时给你温暖，原本以为足够坚硬的外壳也不经意地被融化了。

感谢他温暖了我的整个冬天，如果时光倒退，我想给他一个拥抱。

@乐乐家：

本人是大学教师，暑假都混迹于上海图书馆，有的时候不高兴坐地铁会叫滴滴。有一段时间非常巧的是连续三天是同一个司机，开途观的大叔，这是背景，以下是第三天的对话。

“小姑娘，我看你很有眼缘啊，我儿子还没女朋友，考虑一下吗？”

“不好意思叔叔。”

“我儿子在国家电网，市区三套房都准备好了。”

“不好意思叔叔。”

“怎么，这个条件不入你眼？”

“条件很好，可是我结婚了，都怀孕四个月了，肚子不大而已。”

@戴日强：

几年前去甪直古镇，买的是从苏州回北京的高铁票，由于是从古镇回程，打车很不方便就叫了一辆“黑车”（当年还没滴滴，如今司机应该也是专车的一分子吧），直送我到苏州。

价格谈好后司机过来接我，当我一上车发现后座上还坐着一个妇女，内心有点生气。

毕竟当时谈好的是一个人的包车价格，再多带上一个人司机应该给我降价才对，这也没提前知会。

不过回头想想司机都不容易，赚点外快也能理解，就没提这事。开了会儿司机主动跟我说了这事，他说后座上的人是他老婆。

我忽然理解了，说：“好啊，嫂子也是要去高铁站？”

他摇头说：“不是。”

我纳闷，司机继续说："她在家一直担心我出行不安全，所以我就一直带着她跑车。"

我不是特别理解，毕竟开车的人很多，老婆在家担心也很正常，总不能每一个老婆都跟着吧？

司机看出我的疑惑，继续说："我爱人去年得了一场大病，差点走了，所幸上天眷顾抢救回来，病好后她待在家里休息，一方面病好后她在家里变得很担心我的安全，还有就是想着年纪都那么大了，终于有钱买了辆车，想着开车带着她去四处走走，但是又得赚钱过日子，所以就带着她上路，这样她不用在家闷着，也不用担心我，我也能时刻看着她。"

听到这我忽然有点动容，透过倒车镜看了一眼那女子，她安静地坐在那个角度，不曾说过一句话。默默地看着她丈夫在开车，默默地听着丈夫说着他们的故事。

仿佛这就是属于他们朴实的幸福。

临下车时，司机又补了一句，客人去哪哪就是我们的旅行地，就这样走完余下的日子吧……

我内心一阵暖意，竟然有些许哽咽。

（摘自"龙源期刊网"，2018 年 10 月 23 日）

与四合院一起消失的四合院语言

金　汕

北京的胡同、四合院世界闻名，这既是北京文化的特点，也决定和影响着这里市民的生活方式乃至语言。旧时代北京人少，信息传播工具很少，胡同安静闭塞，四合院就是一个长幼有序的家庭，大杂院几乎是个小社会。胡同和四合院里的人们不像今天有那么多出行方式，他们与外界接触不多，互相聊天儿、开个玩笑比今天多多了。尤其旧时代北京胡同、四合院的人们生活节奏缓慢，带来的生活方式也是安宁平和，闲逸恬淡。不少幽默有智慧的语言大量地产生了。

北京人的幽默话语多来自胡同、大杂院，来自劳动着的百姓，这些话虽然通俗但不粗俗，哪怕歇后语，也生动好记，让人感到轻松好笑：比如一个人喜欢上什么东西，就是“老太太喝豆汁儿——好稀（喜欢）”；说一个人就仗着一张嘴瞎白话，就是“您是打碎的茶壶——就剩这一张嘴了”；说一个人就会空谈，就是“天桥的把式——光说不练”；说谁实在无足挂齿，就是

“马尾儿穿豆腐——提不起来”；说一个人嗓门儿大，就是“纸糊的驴——真能叫唤”；说谁好日子不长，就是“袁世凯做皇帝——好景不长”；说谁有绝活儿，就是“蝎子拉屎——独（毒）一份儿”；说谁花钱不算计，就是“香山的卧佛——大手大脚”；如果权力有限，就是“铁路警察——就管这一段”；形容一件事办砸了，就是“兔儿爷掏耳朵——崴泥了”；有个小伙子看上姑娘，可是人家没有意思，就是“剃头的挑子——一头热”；说一个人说风凉话，就是“万春亭上谈心”。这些带有北京土话色彩的幽默让人忍俊不禁。

任何地域的文化都有高雅与低俗之分，北京话也如此。其实老北京话中的骂人比今天的骂人还要文明些。北京人有种什么都要玩儿得像回事的习惯，就说骂人，要讲究不带脏字。动不动就骂娘骂老子甚至拿女人下体作践的，都把这种骂人视为不入流，视为“下作”。北京人骂人不带脏字是有共识的，比如老北京骂人常常用“臭德行”，这样骂人被知名女作家王安忆评价为：“骂人也骂得有文明：瞧您这德行！他们个个都有些诗人的气质，出口成章。”骂人常常有这个城市文化的印记，上海人为什么骂人爱用“乡巴佬、小赤佬、瘪三”？因为这座经济城市特别看重人的经济地位，他们看不起穷人，自己要努力不成为穷人而力争成为有钱人。北京是文化城市，老北京重视文化和道德传统，所以“臭德行”就是以人的道德品质为切入点。还有“臭丫挺”，这就比“臭德行”严重多了，拆解“丫挺”这两个字，就是怀孕挺着肚子的丫头，您想想，没结婚就挺着大肚子，生下来的孩子八成是私生子，这种骂其实很刻薄。还有骂“串秧儿”，借用植物的嫁接骂混血儿，虽然听起来只是植物，但深层次的含义够损的。当然，老北京骂人最狠的时候和全国各地一样，这老北京的遗留产物，通过球场这个巨大的窗口，成为扣在北京人头上至今没有摘帽的“京骂”。

四合院在京城正以摧枯拉朽的声势一片片消失，还有那忍俊不禁的四合院语言，四合院里的温情脉脉……

（摘自当代中国出版社《当代北京语言史话》一书）

那些从来不用花呗的女孩子

暖箱小窝

1

你身边有用花呗的女孩子吗？在我的身边有很多。

花呗，就像是信用卡的简易版，不用开户，也不用什么证明，只需要你用支付宝消费，累积额度。

在这个大数据时代，好像已经没有几个大学生不用花呗了，我身边用花呗透支的人也数不胜数，用花呗购物，用花呗借钱，然后每个月为花呗的还款日而急得焦头烂额。

越来越多的人选择用金钱包装自己，殊不知，你只是假装在生活。

花钱当然是开心的啊，想要的东西都可以得到，内心会得到一种自我满足感，可过度的超前消费真的让人很没有底气。

2

二十多岁的我们，如花似玉，想用上等的化妆品，想穿漂亮的衣服，想买名贵的包包……在这个充满物欲诱惑的社会，我们真的会被太多昂贵的东西所吸引，于是，有很多的人，就走在了使用花呗的道路上。

我就认识几个这样的姑娘，自家家底薄，还总是喜欢羡慕别人，常常会用“别人有的东西，我也要有”这样的观念来安慰自己，在我看来，这只是自欺欺人。

她们还没有开始赚钱，就已经有了庞大的物欲，还没有稳定的收入，就保持着高额的输出，落得负债累累，无力还款。

在我的朋友圈里，有一个这样的女孩子，收入一般，但很喜欢购物，有一次听她说为了买一个戒指，足足吃了三个月的泡面。我想象不到，她过着一种什么样的生活，看到自己喜欢的东西，连眼睛都不眨一下就买了，当时的她一定很爽快吧，但到了还款的时候，又会愁眉不展。

生活真的是充满了悔意啊！

她们把生活过得像书桌，只有乱得不行了才去收拾一下，而且只有面上会整洁，这其中的苦涩与煎熬，其实只有她们自己知道。

女孩子必须要有正确的消费观，学会把控自己的欲望，让欲望鞭挞自己，而不是被欲望反噬。

3

我有一个同学，生活是偶像剧配置，家境特别好，每到周末的消遣都是去各大商场扫货，几乎买遍名牌。

在她的朋友圈里，经常会发出一些在全国各地，乃至国外的旅行照，在我们这个一无所有的年纪，她真的是见过太多的世面。

有一次她深夜在朋友圈里写下一句“女孩子还是该对自己好一点”。殊不知她的“好一点”，落在了太高的地方，很多女孩子是够不着的。

当大多数的我们还在为工作发愁时，她却在为下一次要去哪儿旅游而纠结。

人和人真的是不能比，没有对比就没有伤害，父母常常对我们说：“孩子，我这么辛苦的赚钱，都是为了你啊，别人有的东西，你也要有。”

父母就是用这样的方式来宠爱着我们，让我们养成了一种什么都不会缺的习惯，小时候想要的东西会和父母说，父母会尽量满足，长大了不好意思向父母开口，就问花呗借。

这个世界真的很神奇啊，我们想要的东西真的会用各种方式让我们得到。

听我哥说他的一个同学，分期买了一双限量版的鞋，刚开始穿在脚上得意扬扬，可好日子没过多久，就为每个月的还款而发愁，后来就再也没有什么心情逛街了。

虚荣，膨胀的欲望就是个无底洞，当你一次次跃跃欲试，你将在尽兴之后尝到更大的空虚，点到即止的人生已经离你很遥远。

对生活的掌控感，体现在凡事有个度，我们用一身名牌堆砌起来的形象，也只存在于表面。真正的底气，绝不是西装革履，瑰丽堂皇，而是你发自内心的坦荡和自由，你能掌控好自己的生活。

4

我认识一个学姐，收入普普通通，不用名贵物品，五六百的衣服对于她来说都是奢侈品，但是我很羡慕她，她是为数不多的、很会自我管理的姑娘。

她把自己赚来的为数不多的钱，分配得很妥当，一部分给父母，一部分用来上课、买书、提升自己，最后还会把一小部分钱存起来。

她为了寻找更多的机会，奔波于各个城市之间，经常要到凌晨才能睡觉，我经常会问她这样奔波难道不累吗？她说当然累啊，但是我想让自己的生活变得更好，也想为家人而努力，通过我自己努力得来的东西，我就很安心。

她的生活，绝不仅仅是表面上整洁，那些物欲清淡、能脚踏实地去努力的人，反而会更快乐。

5

用花呗的感觉真是爽爆了，但我从未选择使用它。

在二十多岁的年纪，我希望通过自己的努力，来将自己喜欢的物件收入囊中，不是攒好几个月的钱，不是买回来了就吃不饱饭，而是大大方方地以自己的收入水平拿下它。

控制好自己的欲望，让自己的生活变得干净而整洁，这个时代绝不会辜负每一个努力向上的灵魂，总有一天，你也会发现，不用花呗也可以活得很潇洒。

（摘自“简书”，2018 年 7 月 12 日）

父与子，在路上

青衣佐刀

12 岁到 18 岁，对一个少年来说，是其人格发育最关键的时期。这一阶段，我持续关注着儿子陈天成的成长。我不望子成龙，也从未有过要为儿子规划人生的想法，更不强迫他去做自己不喜欢做的事，但我还是想在这个阶段能为他做些什么。

2012 年川藏线骑行

在他还很小的时候，我就想过要来一次川藏线骑行，后来考虑到高原路途的艰难和缺氧会伤害他，最终放弃了。转眼到 2012 年暑假，儿子 14 岁了，看着他 1.76 米的个头，我觉得该出发了。

当我们在川藏线骑行 3 天后，几十公里的艰难上坡让我原本拉伤的半月板终于碎裂，右膝关节内侧疼痛难忍，之所以还能坚持下来，其实，也是做给儿子看的。否则，我早早就会放弃，而不必用冒着一条腿残废的风险来做此行的赌注。

那次骑行，我们有 3 个约定：第一，整个过程的食宿、线路安排都由儿子定，我只做顾问；第二，整个过程必须骑，再累都不能推着走；第三，骑到拉萨后，将我的稿酬和儿子的部分压岁钱，捐给西藏道布龙村完小的孩子们。

第一条约定是想培养孩子的综合素质，第二条是想让孩子经历磨难，培养他坚韧不拔的精神，第三条则是想在孩子的心里种下一颗爱与分享的种子。那个夏天，我与儿子并肩骑行了 22 天，经历了各种危险、磨难，也欣赏了沿途无数美丽的风景。其间，有争吵，但更多的是彼此的关心和鼓励，还有快乐和感动。

在拉萨只休整了一天，我们就坐上一辆中巴，晃晃荡荡地去了浪卡子县。在完成了捐助后，中午，我俩在路边的一家小餐馆点了两菜一汤，我可以清楚地看到空气中、阳光里飘浮的尘埃。那一刻我的心里，竟产生了一种从未有过的充盈、愉悦、温暖、自由和满足的感觉，我明白了，帮助他人其实就是在救赎自己。

2013 年徒步尼泊尔

2013 年暑假，我俩去尼泊尔围绕海拔 8091 米、世界第 10 高峰的安纳普尔纳雪山重装徒步了 14 天，每天行程几十公里，到过的最高山口海拔为 5800 米。

这次旅程的起因可以追溯到儿子小学二年级时的一个夜晚。那时，我想让儿子参加英语课外辅导班的学习，开始他并没有同意。过了几天，我换了个角度对他说："老爸一直有个梦想，想去尼泊尔徒步，可是老爸英语很差，一直不敢出去。如果你能学好英语，等你初三毕业后，我们一起去尼泊尔徒步，你做老爸的翻译，好不好?"孩子想了想，答应了下来。

所以 2012 年我俩在川藏线骑行途中，就已经计划好了这次旅行的方法和目标：重装，不请背夫，所有的一切交给儿子去做。一是锻炼他的综合能力；二是锻炼他的交际、处事和口头表达能力。

环安纳普尔纳雪山线路，原本 21 天的行程，我计划压缩到 14 天内完成。于是，我们每天都要赶很长的路，而且要背 30 多斤的装备。第三天，儿子已经有些崩溃了，途中他对我说："老爸，太累了，我走不动了，我真想回家看书。"

攀登那个 5800 米的山口时，两天的路并成了一天，这让我们走得极其受挫。途中突然起了风雪，天色急速黯淡下来。最后 200 米的上坡路，我站在高处，看着儿子走两步歇一下的样子，心疼极了。我差点准备下去帮他背包，可最终还是忍住了，只是在风雪中不断为他加油。后来，他上来时，嘴唇已经被冻紫，还低声对我嘟囔道："老爸，对不起，我实在走不动了。"我却感动得大声叫道："儿子，你太棒了！"

最后一天，因为天热，又加上一路遭受蚂蟥的袭扰，使我很恼火。晚上回到客栈后被告知，没有事先说好的热水可供洗澡，我的火"噌"的一下就蹿了上来。我冲着伙计大吼起来，围拢在门口看热闹的人越来越多，老板也来了，儿子站在门口不断向外面的人解释、道歉。

等围观的人散去，儿子一字一句地对我说："老爸，你今天根本不像我的老爸，你让我看不起。如果你真是这么想别人的，就说明你才是那样的人。我不屑再和你一起走了，今天晚上，要么我走，要么你走。"他说得斩钉截铁，眼泛泪花。

那一刻，我羞愧无比。我立马认错，对儿子说："儿子，对不起，是我不对，请你原谅。我下次再也不这样说话了，好不好？别让我离开就行。"

儿子想了想，沉默着径直走到床边，和衣面朝里躺下。尽管那晚他没再理我，我却因为拥有了一份从未有过的自豪感而窃喜。

2014 年攀登雀儿山

2014 年的暑假，我们一起攀登海拔 6168 米的雀儿山。在一号营地，他因为过长时间穿着漏水的登山鞋，被冻感冒了，晚上开始发高烧。翌日，当我们到达二号营地时，他已经烧到 40 度，血氧含量最低时只有 40 多，躺下后便开始说胡话。后来吃了药，全身出汗，将羽绒睡袋都弄潮了。早晨醒来，我问他是否还能继续攀登，他说："老爸，没事。"

第三天，从二号营地到三号营地要攀上一个约 100 米高的雪壁，当他攀登到四分之三处时，本来松软的只有四五十度的雪坡陡然变成了将近 70 度的坚硬的雪壁。在此之前，他只参加过在一号营地里进行的不到一小时的攀冰训练，所以，那天我一直与他并肩攀登。攀登时，我注意到他每次踢冰时都极其费力，有几次差点滑坠。终于，他崩溃了，我看见他双手吊着冰镐，双膝跪靠在雪壁上，转过头，用一种近乎绝望的口吻对我说："老爸，我不行了，我肯定上不去了。"

那天，我最担心的就是他说出这样的话。那一刻，我的心里突然冒出一丝从未有过的恐惧。我提醒自己要镇定，想了想，最终做出一个决定，我大声对他说："陈天成，这时候，谁也救不了你，你只能靠自己了。"接着，我又补充了一句，"你试着用法式的方法攀登，借助上升器。"说完，我硬着心肠，头也不回地向上攀登而去——我不能留给他一点有可能得到帮助的想象空间。

最终，儿子成功了。我们到达顶峰时，风雪很急，我看到他的脸被冰块划破了十几道口子，嘴唇也被冻得乌紫，我很心疼，也很欣慰。

后来，攻顶下撤快到一号营地时，儿子突然对我说："老爸，这次真的感激你，如果没有你，我绝对上不去。"这是他第一次对我说"感激"两个字，那一刻，我觉得这些年的付出都值了。

人生的成功必须靠自己的努力，我所能做的就是尽量为他打开一扇窗，这很重要，因为窗里窗外，是两个境界。

（摘自《读者》2015 年第 16 期）

一封微信家书

静静爸

静静：

你用快递发来的大手机我们收到了，在你表妹的指导下，我们也学会用微信了。

现在我和你妈凑在咱家书桌前，商量着在微信里打字给你说话。你上大学的时候，还往家里写过几封信，那些信我们都存着，没事就拿出来反复看。现在变成电子信，更方便啦！

这几天，我们偷看了你发到朋友圈的信息，给每一条都点了赞，你都收到了吧？你妈看着你的朋友圈，把你的每张照片都存到手机里了，你妈看得一会儿哭一会儿笑的。静啊，我们是你的亲爹亲娘，但上了微信才知道，对你的了解还没有“朋友圈”多。这几年，你在北京闯荡，工作辛苦，男朋友也没正经谈，我们老嫌你不给家里来电话，不多回来看看，过年回家不积极，直到现在才知道，我们的闺女太辛苦了！爸妈真的是老了，脱离社会了，不知道现在的白领，夜里 12 点以后吃加班饭是正常事儿。也不知道娱乐圈有啥事儿发生了，比如那个大明星结婚，还把你们忙得团团转，通宵干。

你在朋友圈发布的内容，我和你妈认真学习了 5 遍——超过 150 条是半夜 12 点以后发的，你睡得太晚，爹妈心疼；30 条是有关你工作单位的信息，我们看得半懂不懂；50 条是跟同事聚餐或者周末去忙活公事；还有 20 条，是表达你的心情，但没有一条能看出你有谈恋爱的迹象。看到你把去郊区爬个山也叫"一场说走就走的旅行"，我和你妈又笑又想哭——爬山遛弯，这不是我和你妈天天干的事儿吗？闺女，我们错了，我们天天在家闲着，还要求你这个大忙人惦记我们，给我们打电话，要求你去相对象、赶紧结婚，让我们抱孙子，爸爸妈妈做得不对！我们现在什么都不要求了，只要你好好的，身体健康，别睡太晚，工作别累着就行！

说到这，我们要告诉你一个重大决定：今年过年，我们要请假——我和你妈不跟你过年了！以前是你跟我们请假不回家，这一次，我们老两口也来造回反，春节不在家过了。

你也许不知道，爱读书，爱幻想，喜欢旅游，你的这些特点，完全就是你妈的翻版啊。你看到的老妈，一直都围着锅台转，可是当年我俩谈恋爱时，你妈可是厂子里最会写文章的文艺标兵，包包里总放着一本三毛的游记，还在上面勾勾画画的。我俩结婚时，你妈很早就计划来个时髦的旅行结婚，去大上海玩一趟。但是那年头家里底子薄，爷爷又生病，你妈就主动放弃了。那本她最喜欢的《老上海风情之旅》，一直压在她的枕边，她翻了很多很多遍。后来，你出生了，咱们这个小家就开始围着你转，忙忙碌碌的，一眨眼几十年过去了。你在朋友圈里发的各种旅游内容，你妈妈都如数家珍，有时忍不住还会和我描述。老爸听着心里很不是个滋味啊，欠她的太多。今年春节，我们老头老太太也来一场你们年轻人流行的"说走就走的旅行"。

静静，不知不觉又啰唆了这么多，不知道这么多字微信能发出去不，最后老爸再说一句：爸妈以后不催你找对象了，你也别再因为这不接爸妈的电话。你妈说，过去半年你在朋友圈里提到西藏不下 20 次，还在朋友圈约好了朋友过完年一起去。到时候，说不定咱们可以在布达拉宫相遇，但是你放心，我们俩不去打扰你，不拖你的后腿。往后这几十年，爸爸保证，我和你妈一定互相照应着多去走走看看。你妈妈的旅行梦，我来实现。

爱你的老爸老妈，静静永远的粉丝

（摘自《读者》2015 年第 14 期）

撸串的医生

李斐然

清华大学的南门对面开了一家烧烤店。白天，它看上去跟周围的餐馆没什么差别；可一到工作日晚上 9 点以后，来吃饭的客人说起话来，常常像在使用某种暗语——“来一瓶啤酒庆祝一下，我今天拿了一个瘤子。”“你今天麻得不错呀！”“哈哈哈，你再乱说，回去我给你插尿管！”

只有店员说得出这背后的缘故：拿瘤子的肿瘤科医生、技法进步的麻醉师、泌尿科大夫下班了，现在是他们的聚会时间。

这是一家叫作“柳叶刀”的烧烤店，也是在北京遇到下班的医生概率最高的餐厅。经营它的同样是一群医生，发起人之一的程丝就在北京一家医院工作。在这座城市，医生几乎每天都要面对巨大的焦虑、误解、危机，而开一家烧烤店，就是程丝和她的朋友们对抗压力的一种办法。

这个主意也是在饭桌上想出来的。刘安鹏毕业于北京大学医学部，现在成了柳叶刀烧烤店的店长。跟同行聊天的时候，他发现大家都喜欢参加医学学术会议，这不完全是为了提升业务水平，也是因为每次开完会，晚上总有聚餐。“干我们这行的，太需要理解了”，而只有医生才最能理解彼此的难处，大家热闹地吃饭喝酒，毫无顾忌地聊聊天，“每次开会，晚上的那顿饭，才是本质”。

2017 年，程丝和身为肿瘤科医生的朋友王建，联合其他 14 名医生，筹钱合开了这家烧烤店。店名源自他们上班的时候最常见到的顶级医学学术期刊——《柳叶刀》。除了刘安鹃全职负责烧烤店的经营，其他股东医生平时并不参与烧烤店的经营管理工作，他们还是每天在医院出诊看病，只偶尔在休息日来转转。

在这家烧烤店里，每个人都有一点填饱肚子以外的愿望。程丝说她最大的愿望是，在这里让更多人知道，医生究竟是什么样的。

上学的时候，她想象过当医生的样子——就像美剧《实习医生格蕾》里那样，穿着帅气的刷手服走向手术室，或白大褂飘飘，“走起路来带风的那种，超酷”。

然而在现实中，医生工作时从来没有这么酷。光是“白大褂飘飘”这一点就做不到，医生要随身带好多东西，白大褂口袋里装得满满的，它飘不起来，也带不了风。

对程丝来说，医生的工作，意味着永远不能松懈的神经，总要加号、加班、加床位的工作量，还有一鞋柜的跑鞋。她曾经和同事们非常认真地讨论过跑鞋的重要性，每个医生都有跑鞋，这是“工作必需品”。一是因为出急诊时要跑步，穿跑鞋能快点去救人；另一个理由是，万一遇到医闹，讲什么道理都是白搭，只有一条路——赶紧跑！

“我觉得我做这一行最大的苦恼是，我想做一个好医生，想让病人信任我。可是有时候看着他们的眼神，又怀疑，又渴望帮助。那种感觉很无奈，也有点凄凉。”她说。

在医院，她经历过治愈瘫痪老人的喜悦，也见证过命运的残酷。当住院医师第一年，她遇到一个肿瘤病人，妻子残疾，父母瘫痪，全家都靠他，他病倒，相当于整个家都垮了。程丝试过很多种治疗方案，最终还是无能为力。

“看到报告的时候特别压抑，我不知道该怎样告诉他这个坏消息。让我特别意外的是，我看到过好多病人及家属号啕大哭、怨天怨地，但是他们家人异常平静。隔了一天，他非常理智地告诉我，他要出院，不看了。”出院前，他还特意跑来嘱咐程丝，要注意休息，别太辛苦。“我觉得特别感动，一个病人走投无路了，却还想着关心别人。”

这些感受，在医院里没空跟人聊，出了医院其他朋友又听不懂，所以不用去医院上班的时候，她就会到烧烤店坐坐，跟听得懂的人聊聊。“算是一种调剂吧，换换心情。”

在店里，有时候她甚至会遇到患者。她发现有的客人就算吃完了，还是一直留在店里，到最后才不好意思地承认，他们想碰碰运气，想等某某医院的大夫来了咨询一下。

加号似乎并不现实，但程丝说，她还是会试着帮他们分析，应该怎么办。有时候，病情并没有严重到一定要去大型医院就诊的程度，只是医患双方信息不对称，他们不知道该去什么样的医院，也不知道该看什么科室。

“我们自己知道的（信息），能帮就会去帮。我知道他们可能确实挺难的，要不是走投无路，也不至于上一个烧烤店来咨询。”

王建说，他最大的初衷是建立一个“医生的据点”，给医生一个自己的地盘——既能在这里自由切磋业务，也能下班了来放松放松、倒倒苦水。“我们的门面，是不是很像《柳叶刀》杂志的封面？你一推门，就像是走进书里面，我们想让医生有种回到精神家园的感觉。”程丝说。

2018 年春天，店面重新装修，他们还特意跟设计师强调，要让这家烧烤店能为医生所用。烧烤店一楼近 50 平方米的就餐空间，在每天下午 3 点到 5 点的闭店时间内会变成会议室，租下场地的医生打开投影仪，就可以随时开始讨论。

店里的服务生小哥已经经历了好几场类似的医师讨论会。店铺两侧墙上贴着已发表的高分 SCI 论文，这些医生坐在论文下面，守着烤串、水果还有炒方便面，边吃边激烈争论。“都是医学名词，我听不懂。”服务生很认真地回忆，“但能感觉到，他们说的事好像特别重要。”

烧烤店刚开业的时候，SCI 是他们试图聚集同道中人的暗号。因为医生大多有发论文的要求，所以他们提出，凭借 SCI 文章吃串打折。一开始设计的优惠规则是“发了 SCI 就免单”，但很快发现不行，“中国人发文章的能力太强了，这么吃下去就得倒闭了”，现在改成了根据影响因子打折，最高打 7 折。

尽管打折力度大幅度减小，这里还是成了最容易发现医生的地方。2017 年秋天，《柳叶刀》高级执行主编威廉·萨默斯基尔博士，和带着女儿的《柳叶刀》亚洲区总编辑一起，专程跑去排队吃串。发现他的身份后，店里的客人纷纷递上名片找他合影，直到那时王建才发现，店里居然同时坐着广东省人民医院心内科主任、南京医科大学附属医院心内科主任，以及许多“正在撸串的国内专家学者”。刘安鹏说，让他最意外的是，经常有大夫带着老婆孩子一家人来。“他们发了文章，自己又不好意思炫耀，跟家里人解释他们也听不懂，就带着家人来，通过打折体现一下价值。”他模仿着他们的心声，“你看，我的文章能在这儿打折，能当钱使，爸爸厉害吧！”

连续出急诊的那段日子，程丝每时每刻都很焦虑，长了好多痘，内分泌失调，非常疲惫时总在想，是不是该放弃了。结果，就在急诊室，她见到了自己过去的病人——老人因为半边大脑中动脉闭塞，一度半身瘫痪，没法说话。结果，老人并不是来看病的。“程大夫……我现在……会说话啦！”逐渐恢复了语言功能的病人，用非常缓慢的语速告诉程丝，“不是看病……只是来……谢谢你……”

程丝说，就是这样的时刻，支撑着自己继续努力做一个好医生。不过，在烧烤店里，她恐怕算得上一个有点糊涂的老板。她会搞错店里办学术活动的时间，直到有人翻账本，她才意识到财务危机，“才 20 多天就打了 3 万多元的折出去”。

不过，这并不是最要紧的。对那些参与其中的医生来说，更珍贵的是在这家烧烤店里，所能拥有的那些暂时不做医生的时刻。

（摘自《人物》2018 年第 6 期）

信息时代的睹物怀人

陈铁男

不久前，一封言辞恳切的公开信传遍网络。写信人是浙江台州的王女士，她家中失窃，亡夫的手机和电脑也在被盗之列。她向小偷致信，表示不会追究现金等财物的去向，只求对方将手机和电脑中的文件拷到U盘里归还。那里面有她丈夫的照片、工作资料，有“他为之奉献过的青春、汗水和心血”，也是5岁女儿接近和了解爸爸的途径。

“对我们来说，您拿走的不是普通的物品，而是我们一家人的灵魂安息所在。”令人稍感宽慰的是，警方很快破案，物品归还原主。

类似的新闻并不少见，有人焦急地搜寻存有儿子生前录音的手机，有人买了好多块电池给亡母的旧手机续航。对事件中的人们来说，电子产品本身的价值并不重要，它们作为载体所储存的信息数据才意义重大。

被这类故事打动时，我常常羡慕当下这种在高科技加持下对人对事的珍藏与怀念方式。

我未曾见过我爷爷，却随着年岁增长而愈发渴望走近他。这位农村老人没能赶上信息技术时代，20 世纪 80 年代他病逝时，距离家里买得起胶片照相机还有好几年。

我爷爷没留下一张照片，挚爱的大烟枪伴他入了土。牛角烟盒传到我手里，构成了独孙女对他的唯一了解——抽烟。

我再也找不到更多爷爷的遗物了。他种过的地荒了，拉过的板车坏了，磨过麻油的石磨盘歪在院子一角，手写的账本可能在我小时候被我给撕了。再后来，他生活过的村庄拆迁了。

我懊恼自己年幼时不懂事，换作如今的我，即便是从爷爷家的鸡圈刨出来的碎纸片，我也会当成宝贝。就像是新闻里那些被悬赏的旧款笔记本电脑和被小心收藏的手机，东西不一定值钱，只要是亲人触碰过的，于自己就是一种精神寄托与念想。

从我爸和我姑姑的回忆里，我挖掘出爷爷干净的手巾、平整的衣角、隽秀的字迹、给奶奶买的时兴布料和给孩子做的炸糖糕。他还有一个油光锃亮的钱盒子，姐弟几个全都偷摸过毛票买花生米吃。关于爷爷的外貌，他们却无法为我描画清楚——大脑门儿、长脸，这是张根本拼不完整的图。

“你爷爷长得特别像一个广告里的演员！”我姑说。当我准备上网查询时，她却想不起来是什么广告了。

面对已经 50 多岁的我爹和我姑，我能说什么呢？会衰老退化的人脑真是太不靠谱了。

电脑、手机之类的电子产品就不一样了，只要加以维修保养或者做好资料备份，照片和视频可以永远清晰如初。在网络时代，智能设备的作用远远不止于保存那些音容笑貌。

如果我的爷爷今天还活着，哪怕他的手机石化、硬盘损坏，我也能在他的美食应用里找到他发布的炸糖糕秘方，传承他的手艺，还原家的味道。他的博客也许写有心路日志《艰难养育 6 个子女，夫妻如何保持恩爱不吵架》，或者《用故意敞开的钱包解决吱哇乱叫的孩子》。点进我爷爷的短视频 App 账号，里面也许还有他练字的独家教程，以及我爸当年挨揍的直播。

漂浮在网络世界的应用数据，可以全方位记录使用者的生活，让时间或空间不赶巧的亲人朋友不用遗憾错过。

只是这种重逢也不是随便就能实现的。早在 14 年前，一名美国海军陆战队队员的遗属就遇到了麻烦。年轻的贾斯汀·埃尔斯沃斯在伊拉克执行任务时遇难，父亲在整理遗物时，希望获得儿子在雅虎邮箱中的邮件作为纪念，但被雅虎公司拒绝。原因是，雅虎承诺对用户的账户活动情况保密，“即便是在他们去世后”。不仅如此，如果邮箱 90 天未使用，雅虎将删除这个账号。贾斯汀的父亲只好将雅虎公司告上法庭，这成为美国数字遗产纠纷的第一案。

在中国也发生过类似争端。2011 年，一位徐先生遭遇车祸殒命，他的 QQ 邮箱保存了大量照片和与妻子的信件。面对徐先生妻子打开亡夫邮箱的请求，腾讯同样没有松口。

事关用户生前的隐私，数据遗产继承的问题迟迟难有结论。我国目前施行的法律条文只是明确了互联网数据权和虚拟财产权都属于民事权利的一部分，对于网络遗产继承，还没有系统规范的相关立法。

这真是一个两难的选择。无论我多么好奇和想念，我爷爷也许有很多东西并不想被未曾谋面的孙女窥探。

我曾在网上看到一个悲剧。发帖人在感情深厚的丈夫意外身亡后常常翻看他手机中的照片和视频怀念爱人，直到有一天她点开了手机里的交友软件，看到丈夫与陌生女人暧昧聊天的消息。

假设有一天我走了，我身后会遗留 5 个微博小号、跨越几十年的朋友圈、一个云笔记账号、一个谷歌相册和一个快要爆满的云盘。这里面埋伏着我为检查自身减肥效果的半裸自拍、与旧爱藕断丝连的聊天截图、吵架后对男友的抱怨……对我的家人来说，它们可能既是念想又是负担。

我并不想让孙辈看到我跟不是他们爷爷的男人亲吻的照片，但又舍不得让他们忘掉奶奶当年的风采。

好在各大互联网公司都在为我想点子。从 2015 年起，社交网站“脸书”的用户可以设置账号在自己死后注销，也可以选定一个代理人，负责打理自己去世后的“纪念化”账号。代理人无法登录进入逝者的账号，没法看到该账号的任何站内信息，但是可以进行更换封面等操作，以供亲友悼念留言。新浪微博允许逝者的亲属接管微博账号，还会对账户进行防盗号保护。有人创建了网络遗产托管业务，用户可以把网上账户的密码提前保存在这里，在他们去世后，这些密码会被提交给事先指定的“继承人”。

在万全之策问世之前，我还是准备早做打算，在各种存储介质中保留我年轻貌美的照片，删除黑历史。最重要的是，我要录制一些真情告白视频，要用尽全力给家人和未来的家人写日志。

毕竟我记得，自小把玩爷爷的烟盒，我总期望从诸如盒盖背面之类的地方发现什么隐秘的刻字。我的爷爷没能留给我只言片语，这是我和他之间永远的遗憾。

（摘自《读者》2018 年第 16 期）

抖音的世界

江寒秋

“北快手，南抖音”，抖音成了一片收割流量的新大陆。在抖音之前，快手、美拍、小咖秀、火山小视频等短视频已经在市场上打开了知名度，而快手则占据了其中很大部分的流量。抖音的出世，相传就是带着“狙击快手”的使命而来的。

抖音的操作很简单，打开某个固定的按钮，按照背景音乐，配上动作——可以是舞蹈，也可进行角色扮演，后期还能加上简便的特效，最终会生成固定长度为 15 秒的成品。

这一条条 15 秒的短视频轮番滚动，累计贡献了抖音 6200 万用户的日活跃数据。

比快手更“高端”“精致”

不管从形式还是内容来看，抖音都并非原创，而在国内的市场领域中，短视频一向是投资的风口，这其中被拿来和快手对比，成了抖音逃脱不了的话题。

几个月前，快手高空极限运动播主吴永宁坠亡后，平台对于极限直播的管理明显加强，但仍然有不少人钻过空子。有模仿他爬楼、在楼顶外沿做引体向上的大叔，也有利用轮滑进行危险表演动作的小伙，看着让人直冒冷汗。

为什么要继续铤而走险呢？首先收入是一点重要的原因，前述的大叔坦言，目前本职工作的收入，难以维持他一家四口的生活，而危险的动作能让他在一片同质化内容中脱颖而出，获取眼球以及随之而来的流量分成。另一点原因则有点闪烁，但也能明显感觉到的，则是一种对关注的渴望感。

在快手中，最有代表性的是这么一句话：“老铁，喜欢的点关注，双击666。”

这番话一般被放在视频末端，语气急促，这样的急促背后不仅为了增粉增流量，也或多或少流露着，急于被认可的坚持。

初期，抖音喊出“不服来抖”和“专注新生代”的口号，吸引了一批“潮男潮女”。而且在短视频操作方面，抖音没有提供直接打赏的功能，这直接带来的差异是，抖音上的不少用户，没有把获得关注作为主要的导向，在现实生活中，他们也许就是受足够关注的群体。

杨馥羽今年22岁，齐刘海大眼睛，是主流审美所喜爱的甜美女生。还在读高中的16岁年纪，她在路上被星探发现，被邀请去拍摄广告，从此走上了模特道路。

这份兼职更为她带来了可观的收入，在大学时她已然实现经济独立；因为曾在大型比赛中获奖，她慢慢积累了知名度，毕业后便以此为职业，生活里还有一群固定的粉丝。

杨馥羽也曾经在快手开设账号，录过一段视频，很快就被推上了热门，但是因为用户的素质不一，让她感觉很不愉快，所以很快也就放弃了。而在抖音，她感觉更加“高端”，玩起来很舒服，因此从一个月前空闲时点击录制开始，慢慢上瘾了，现在每天都要刷很久才行。

朱文情况也很相似，因为长得硬朗和帅气，是学校里的“校草”，在抖音上，他最受欢迎的视频不是模仿，也不是舞蹈，而是自己随着心情随意说的一段话，尽管被粉丝戏称为“钢铁般的直男”，但是关注他的人数很快就打破了一百万。

他们养眼，他们是抖音上占据相当一部分数量的群体，尽管称自己也追求点击量，但是显然这种需求并没有那么迫切。和快手“记录生活”的口号不同，抖音初期不打这张牌，其所提供的内容演化出了一种更“精致”和“高端”的观感，这和素面朝天的生活底色明显有差异。

“带货平台”

除了造就网红，抖音对线下商品的带动能力也让人不敢小觑，不少抖音用户表示在抖音种了很多草。因为抖音，名创优品的一款香水常常卖断货，被称网红香水；小猪佩奇玩具手表忽然在成年人中大受欢迎；西安的摔碗酒酒摊前排队的消费者堪比春运；海底捞有了特色网红吃法；都可coco奶茶店特意推出抖音网红套餐。

一些传唱度并不高的歌曲，经过抖音一传播，莫名成为网红曲。民谣《纸短情长》在百度上有不少搜索量，“怎么会爱上了他并决定跟他回家是什么歌?”这个问题有不少网友在问……不夸张地说，是抖音赋予了这些歌曲二次生命。

淘宝上输入关键词“抖音”，能搜出各种各样因为抖音火起来的商品：抖音唱萨克斯风的向日葵、抖音耳朵会动的兔子、抖音手机壳、抖音“社会人”手表……除了实实在在的商品，淘宝上还衍生出帮忙刷粉丝和赞的业务：帮上热门，帮涨粉，帮转发。

一个工行办信用卡的业务员，在屏幕前面无表情地唱二次元偶像“初音未来的甩葱歌”，在视频上了热门之后，他直接将自己的二维码放上去，省力的同时让自己得到了最大限度的曝光。

从以前热门视频中可以看到，在“食品和小商品”方面，抖音流量变现是最直接和可观的，“西塘农家菜火锅”“土耳其冰淇淋”“晴天见奶茶”“摔碗酒”在抖音上火了之后，前去品尝的和打卡的客户一拨接一拨。

越来越多的人沉迷其中，一刷就停不下来，你不得不承认，抖音流行起来已经是非常明显的事情了。

职场世界

有趣的是，刷抖音不时会出现一些职业人群，空乘人员、教师和护士等等，有一个夸张的段子说：“抖音都要被民航承包了。”这是因为不时可以看到身穿制服的空姐在机舱或者酒店里拍摄视频。

蔡紫萱就是其中之一。她认为，公众对于他们的关注很大程度促使了空乘人员在抖音上的“兴盛”。

她和很多做着天空梦的女生不同，转行当空姐只是在培训机构厌烦了，想换份工作。每个月，国内和国际航线轮流排满班表，经常不到凌晨的上班时间并不磨人，倒时差是最难受的。

飞欧洲还好，六小时的时差相当于熬一晚就过去了，但如果是往东边到美洲，经常会让她有时空错乱之感。很多同行像蔡紫萱这样，落地去到酒店，和国内的朋友还有时差，难以入睡又无处表达。

因此在她的主页里，多是在国外的场景，墨尔本的摩天轮、新加坡的鱼尾狮像还有阴天的加州，都是她视频里的幕布。

抖音给她打开了一个新世界，那些无聊的时间得以被这样打发掉。

大学毕业后，李嘉欣在一家房地产公司成为策划专员，想点子、创意、参与项目成为她的办公室工作日常。2017 年年底，她负责组织一场新年 party，期间需要录制祝福视频，过往无趣的套路她不想再复制，突然想起朋友推荐的抖音，于是注册这个下了很久的软件，上面果然有不少能启发她的创意，李嘉欣很喜欢，决定自己也要参与进去。

她逐渐以“抖音女王”的称号在朋友圈传开，会议上当同事向客户介绍起她，也会提一句，是很喜欢玩抖音的人。没想到这种介绍经常挑起他人的兴趣，能帮助话题和场面迅速打开。

她虽然经常对着镜头“角色扮演”，但生活中并非如此，她还没有展现出对每一个人都放得开的老练，但是现在能通过“抖音”的标签被认知，让她很意外和惊喜。每每躲在房间里录视频的时候，李嘉欣能获得一种“把身上的那股力量释放出来的感觉”。

下班后，媒体人李烁然爬过五层的楼梯，打开房门，也喜欢一坐下来就打开那个音符图标。

有一段时间，她爱看的是快手，因为上面标配的衣着：豆豆鞋、紧身裤，是她记忆里所成长的山西小城的景象。直到上大学，她走出了家乡，去到中部一座二线城市念书，再到选择在杭州工作，视野慢慢扩大，快手能提供给她的是对以前生活的怀念，像是“QQ 空间里那种非主流的感觉，看着很搞笑”。

2017 年开始，她在一家杭州的传媒集团入职，职业所需，李烁然需要有每天与人打交道的精神，为了保持这种状态，消耗了她很多心力，空无一人的房子里，她找到了和自己独处的方式——录视频，而且这些视频有趣，能得到同龄人的赏识和称赞，至少在那一个小时里，她忘却了疲惫和各种烦恼。

曾经在人们的脑海中，短视频的流行只是无所事事的人打发时间的工具，但这个版本已经被替换，病毒一般传播的抖音外表华丽，成为此前未被完全覆盖和激发的一二线城市人群的新宠。无论是借此排解压力还是孤独，用户群体的变化都让整个生态圈变得独特。

（摘自“小读”，2018 年 3 月 25 日）

一个网红的自述

季九九

我从小到大长相都很普通，就是个子比较高、脸比较大，还算得上醒目。

我妈长得漂亮。她常安慰我，说她小时候也不好看，等长开就好了。直到过了 18 岁，我才知道，原来基因真的会突变——我没有延续她的变美之路，上大学后又胖了 10 斤，脸肿得别人都以为我得了腮腺炎。

丑姑娘没有美好的青春可言。我永远在小桃心情节中充当背景板，5 分钟内就能把这一生乏善可陈的故事讲完。但我并不甘心。我根本想不到，自己会在 22 岁的时候，成为拥有 50 多万粉丝的搞笑网红。

我原本对网红没什么概念。22 岁的时候我读大三，因为所学专业，会一点视频后期制作的技术，所以我偶尔会接一些拍摄的单子。有一天，朋友介绍我一起去拍搞笑小视频，每个月的工资是 5500 元。这对当时的我来说是一笔巨款，再加上我以为是视频拍摄和后期制作，就一口答应下来。当晚，公司老板要求跟我视频，我心想，剪个片子还要视频是什么操作，又碰巧那天我向暗恋对象表白惨遭拒绝，一直蹲在阳台上哭，便没跟老板视频。

后来我才知道，拍搞笑小视频是要自己出镜的。2013 年，小视频还不像现在这样火，几乎没多少人听说过。我们作为第一批内容创造者入住了一家龙头互联网公司的视频平台。

我跟朋友每天发 3 条 8 秒视频，当时并没有多少粉丝。第一批收看视频的人基本上都是素质比较高的互联网深度用户。他们觉得我们俩有趣，会提一些专业意见。我们特别惊喜，没想到竟然会有人喜欢我们，于是会很认真地回复每条评论。

这个社区比较封闭，没多少人看。我们俩自娱自乐，从未想过自己会红。一天的工作时间加起来不过半个小时，每个月却有 5500 元的收入，我们心里美滋滋的。

到了第二个月，社区的墙就像被凿开了，流量不断涌入。我们突然就被排山倒海般的关注度所淹没，我们俩的粉丝越来越多，每天回复评论到深夜一两点。当有很多陌生人喜欢你，催促你更新，我开始感受到除经济利益以外膨胀的虚荣心。

那时候还没有送“游艇、豪车”的操作，粉丝经济只体现在流量上。我们开始认真对待这件事，创作高流量的视频成了我们每天的目标。平台开始力推我们的号，一天就涨粉几万。我们不满足于创作视频，还给自己取了艺名，开始以 8 秒的段子塑造自己的背景和性格。很久之后我才知道，这就是明星所谓的“人设”。

这种操作带来了奇妙的效果，以至于后来我随便说一句话，粉丝都觉得很好笑。我们的号成了一个逗趣的大学连载故事集。而粉丝并不知道，我们本质上就是个接广告的营销号。

谩骂随着关注度接踵而至，那是我有生以来第一次感受到那么多恶意。我开始跟他们互怼，没过多久就觉得元气大伤。但同时也有很多粉丝喜欢我，他们每天追视频，给我寄零食，愿意跟黑粉对骂到天明。

他们到底喜欢我什么呢？有一天老板跟我说：“你扮丑，网友就会喜欢，涨粉快。”我突然觉得很委屈。

喜剧就是发生在别人身上的悲剧，大众搞笑题材离不开自嘲。网友喜欢我整天受欺负、摔倒、被打、被男生甩……我变成了大众娱乐的消费品。我开始对人性与生俱来的幸灾乐祸感到厌恶，更加厌恶顺应大众喜好的自己。

阿根廷作家博尔赫斯曾提到：“希望成为一个好演员而不乏决心，是观众让我打消这个念头。”我告诉网友，我想拍出优质的内容，因为从小就有电影梦，我想被认可是个演员而不是搞笑丑角，但你们让我变得低俗无脑、粗制滥造。

后来我发现，其实粉丝之间的对骂也不是为了维护我，他们只是在借机发泄自己的生活压力。

我崩溃了。不管是铁粉还是黑粉，我都无法正视他们。在我看来，他们都只是流量符号。在他们眼里，我只不过是整天受欺负的蠢二姐。

我出去逛街、旅游，甚至在学校都会被认出来，这让我觉得很尴尬。

我不断地跟朋友抱怨这份工作。她们说：“这么轻松就当网红赚钱，你还嫌什么？”我开始能理解为什么很多明星会有抑郁症甚至自杀，因为逗别人一乐的代价，就是不断贬损自己，最后变得怀疑人性，也怀疑自己。

最终我把这份兼职辞了，然后顺利毕业成了设计师—— 一个普通的上班族。我们的 50 万粉丝一哄而散。

在当网红或者明星这条路上，就是人们疯狂喜欢你，拼命嘲笑你，然后迅速遗忘你的过程。同期的网红，有些上了春晚，有些成了十八线的小明星，有些还活跃在美拍、快手上。我看着他们还在反串、扮丑、娱乐大众就唏嘘不已。笑声癫狂，但笑容里一点内容都没有。

“假定一只鸟落在细树枝上，”佐伯说，“树枝被风吹得剧烈摇摆。那一来，鸟的视野也将跟着剧烈摇摆，是吧？”

我点头。

“那种时候，鸟是怎样稳定视觉信息的呢?”

我摇头：“不知道。”

“让脑袋随着树枝的摇摆上上下下，一下一下的。下次风大的日子你好好观察一下鸟，我时常从这窗口往外看。你不认为这样的人生很累—— 随着自己所落的树枝一次次摇头晃脑的人生?”

“我想是的。”

“可是鸟对此已经习惯了，对它们来说那是非常自然的，它们没法意识到，所以不像我们想象的那么累。但我是人，有时候就觉得累。”

这是村上春树《海边的卡夫卡》里我最喜欢的一段。后来我看到很多明星都成了“摇头晃脑的枝头鸟”。而我成了一个普通得不能再普通的人——抱怨工作、谈恋爱、闲聊八卦……我已经快忘了自己曾经有那么多关注度了。直到几个月前，从公司打车回家，司机一直透过后视镜观察我。

“你是松松吗?”

“啊……嗯。”

“哇，这么巧，我以前经常看你们的视频，为什么后来不拍了?”

“毕业了，要工作没时间了。”

“说起来还挺怀念的，跑夜班等乘客的时候就刷刷你们的视频。”

“这么多年还有人记得我们……”

“喜欢你们的真实，看你们的大学生活特别有趣，不像明星有距离感，电视剧演的都是假的。”

我没忍心告诉他，其实那些故事是假的，我们也是假的。但想到这些虚构的内容曾经陪伴着那么多陌生人度过漫漫长夜，竟然又觉得有些许温暖。

（摘自《读者》2018 年第 24 期）

猎头来袭

穿过流水

不久前，北京的一个朋友异常惊奇地告诉我，有个投行猎头打电话给他，上来就问："你和某某（我的名字）经常来往对吧？很熟吧？"朋友还没完全反应过来，那人又道："你方便把她的手机号给我吗？"朋友当即就郁闷了：她北京，我上海；她审计，我投行；非同学，非亲戚。这个深圳的猎头竟能打探到我们两人关系不错，找到朋友的号来问我的手机号码，其强悍的"人肉搜索"、信息挖掘能力不能不令人叹服。

职场内外，猎头是个叫人又爱又恨的角色，爱的是他们经常为你提供一些宝贵的转折、起飞机会——猎头能来找你，说明你还有价值，好的话，能卖个好价钱。而恨的呢，则是铺天盖地的猎头网总喜欢不时拿表面的高价撩拨你几下，让你心痒痒的。又或者，猎头那里有你的联系方式还好，没有的话，他们会动用各种关系地毯式地搜索你，往往你自己还没被通知到，就已经有若干认识或不认识你的人暗知你可能有新职位了。

我从大学四年级入行到现在，有近5年的时间。干了两三年，被扔到洛杉矶去培训了几个月，回来开始被往上提。从那时起，这家那巷的猎头来访人数较之前明显增加，多数给的价码和职位都很有诱惑力，并反复劝导："来试试吧，大有发展！"周围同事来来去去，我闷头又坚持了一年多，遇到现在的东家大猫，找猎头约我，一顿饭的工夫，把未来5年的计划10年的蓝图都帮着敲定了，年假多一倍，薪水翻番，职位半年后再往上提一级半，公司提供私人用车和独立办公室。我考虑了一周，然后捂着脸，去给大恩大德的前东家递了辞呈。

事情还没完。入职新公司后，仍旧有猎头不时出现，以证明他们的无处不在和无所不能。但公司也不是吃素的，你挖我，我防你。是的，没有你挖不到的猎物，同样没有我防不了的猎人。有次，UBS的猎头来找我，问我是否愿意周末去参加他们总部一个级别不低的面试。

结果那个周末我被公司通知去开会，想了想，还是忠于职守吧，于是我没去UBS那边。孰料等周一上班，大猫午饭经过我身边，突然弯下身问我："UBS是不是找过你了？"我吓得差点呛死，怀着就义的精神猛点了几下头。大猫冷冷一笑："呵呵，你怎么没去啊？我太太就在他们那边做人力资源管理，所以……"我猛灌一口汤，很冷静地回答大猫："我们公司是业内顶级投行，目前的工作环境和企业文化非常适合我的发展，个人没有转会的计划。"在我把自己都给说恶心之前，大猫果断地拍拍我的肩："行，就这样吧，你的薪水下个月会再提。下午通知秘书把周六缺席会议的人的名单整理一份给我。"而后端起咖啡绝尘而去。看，猎头的一大好处就在这里，你至少可以从他们那儿感受到自己还值几个钱，公司爱你有几分。

一个久经沙场的朋友称："公司在乎猎头找你，说明你还有用，否则公司才不在乎你去哪儿。公司不在乎你了，猎头那更不稀罕要你。"

我看着她满脸写着的至理名言，发现东家和猎头的关系只有一个：相生相克。

猎头的档次也分高低，档次低点的猎头公司属无头大马蜂，甚至连大学在校生也找上一把。而经验丰富、知名度高的猎头公司，往往采取“点对点，人对人”战术，托他们挖人，过来的多是真正的精英，而且你想挖谁，不管最后能不能成，他们都能先把人邀来见一面。

最牛的猎头是，挖来找去，他自己最后反被其他公司看上了。

不过猎头来袭，职位永远仅限于“诱惑”二字，是否真如他们所讲，就等你自个儿想办法从侧面调查了，否则就等着成为内部人员后冷暖自知吧。我有个大学校友，原本在一家规模很大的公司做研发，各方面待遇尚可，但工作量并不大。某日他心血来潮听信了猎头的允诺，跑去一家美资银行做金融软件开发，从此再也没休过完整的双休日，薪水更不像之前承诺的那样大幅度增加。真实原因是这家银行最喜欢托猎头找软件外包人员，表面是正式员工，其实待遇和临时工无异。后来，他终于在眼泪中明白：有些猎头，一旦搭上就完蛋。

总之，猎头给了我们一个为自己明码标价的机会，他们递过来的，可能是芬芳四溢的鲜花，也可能是定时炸弹。猎头总来找，挺烦；不来找，挺闷；永远不找，挺慌。

最可怜的是我的二表哥，他在澳门出差时接到一猎头电话，问他是否有意于广州一家大型商务服务公司行政总监的位置。我表哥咽了下口水，道：“中意呢。”猎头那边很高兴，说：“哦，太好了，你看我安排个什么时间好？你何时来广州，去见见他们总经理。”我表哥说：“不用了，我哪天回家就能见他。”猎头说：“可能不合适吧，主要他的时间未必……”表哥叹口气，说：“合适，时间没问题，他们总经理是我爸。”

链接：“猎头”（Headhunting）为舶来词，原指割取敌人的头作为战利品的人，此后意思演变为物色人才的人。“头”者，智慧、才能集中之所在，“猎头”因而特指猎夺人才即发现、追踪、评价、甄选高级人才的人。

（摘自《读者》2010 年第 1 期）

女出租车司机

邓安庆

出租车停在我面前，打开车门一看，稍感意外——是位女司机。女司机侧头看我："走不走?"我说走，就上车了。告诉她我要去的地方，她"嗯"了一声直奔三环而去。车窗外的北京城浸泡在抹布水一般颜色的雾霾里，空旷的马路上路灯吐出一蓬蓬好似长了毛的光团，车里的我们沉默不语。其实我是一个很愿意跟司机师傅聊天的人，可以从叙利亚的局势聊到南太平洋的岛国，从北京的道路改造谈到美国白宫的八卦秘闻，但他们都是男人。这位女司机没有说话，只有广播里在说，今天的 PM2.5 值爆表。

我忍不住看了她一眼，她四十岁上下，随便扎了一个马尾辫，脸看起来胖软松弛，眼袋沉重，穿着男式的灰黑色带帽羽绒服，握住方向盘的手指发黄，应该是经常抽烟的结果。车过安华桥时，放在吸盘式支架上的手机响起了铃声，我一听是很耳熟的旋律，但一时间又没想起来是哪首歌。她伸手划了一下接听键，是一个小男孩的声音："妈妈，你怎么还不回来啊?"她说：

“洋洋，妈妈在开车呢。姥姥不在家啊？”小男孩说：“姥姥看电视睡着了。”她“唔”了一声：“那你把姥姥叫醒，让她去睡觉，你也要好好睡觉好不好？”小男孩答应着：“妈妈，我想等你回来。”她说：“妈妈可能会回来晚一些，你先睡觉。”

她又嘱咐孩子睡前要刷牙，上完厕所要冲马桶，睡觉要关灯，不准看电视……小男孩连声“嗯嗯嗯”，顿了一下，又说：“妈妈，亲我一下，我就睡。”她这时看了我一眼，我忙装作看着窗外。“洋洋，妈妈在开车呢。”小男孩说：“好的，我亲妈妈一下。”那边响起“mua”的声音，“妈妈，我去睡了。”她说：“睡吧。记得关灯。”那边说了一声“好”，电话挂了。车里又一次沉默了。我听到她深深地呼吸了几下，用一只手搓了搓脸。我冒昧地问了一句：“你的孩子啊？”她“嗯”了一声，转头看我一眼，才反应过来，“呵，是。六岁了，淘气得很。”我“噢”了一声，她接着说：“非要等我回去才睡。”那时已经是晚上十一点半了，我说：“你回去都很晚了吧？”她说：“没办法，生活嘛。”

等红绿灯时，她从口袋里掏出一袋面包，“不好意思，我吃点儿东西，你不介意吧？”我摇头说不介意，“怎么，晚饭还没吃？”她扭开保温杯的盖子，喝了几口，“忙忘了。”绿灯亮起，她忙把保温杯搁在一旁，开动车子。我说：“以前坐出租车，很少碰到女司机。”她笑了笑，“是少。我也没想到自己会开出租。以前我老公是开出租的。”我等了一下，她没继续说下去，我便问：“那他现在不开了？”她摇摇头，“不开了。他到另一个世界享福去了。所以，我接着他开。”她说话时语气非常平静，我一时间不知道如何接话。她接着说：“人在的时候啊，天天吵。人一不在啊，又觉得吵吵挺好。”说完又笑了笑：“不好意思，说这些有的没的。”我说：“没有没有，只是觉得你真不容易。”

她的手机铃声又一次响起，是她妈妈打来的电话。“我还得好一会儿。洋洋睡了没有？”她妈妈说睡了，然后打了一个哈欠：“我也睡了。炖了排骨汤，你回来记得喝了。”她“嗯”了一声，电话挂了。我问她：“是不是张玮玮的《米店》?”她疑惑地看了我一眼：“嗯?”我指了指她的手机，“你手机的铃声。”她说：“我不知道这是什么歌。这手机是我老公以前用的，歌也是他选的。”她顿了一下问：“是叫张什么?”我说：“张玮玮。”她“噢”了一声：“今天才知道是这个人唱的，就觉得还蛮好听的。我老公以前也喜欢唱歌，他唱得不比这个张玮玮差。他啊，”她笑了笑，“也算是个文艺青年，喜欢唱歌，还去听崔健的演唱会，拉我去，真是吵得要死，所有人都在吼——吼得我头疼。我当时要走，他不肯走，还大着嗓门儿跟着唱……”她默想了一下，“就是那个什么‘我想在雪地上撒点儿野’，反正也记不得了。演唱会结束回家，那时候我们还没洋洋呢，我跟他吵了一架，说我忍了一晚上。他就说我不懂。我们吵啊吵……”

我看到她脸部的表情柔和了很多，话也逐渐多起来。她又随手拿起面包，啃了几口。“你说这事情也是，吵架的时候恨死他了，现在一想起来就觉得有点儿对不住他。说老实话，他也不是什么好老公，爱吹牛，瞎折腾，又自私，又小气，还动不动说自己受到了伤害。”她一只手拍了拍胸口，模仿她老公的口吻，“你们女人懂什么？懂什么?”说着她撇撇嘴，“就这德行，我也不知道怎么跟他过一块儿了。他这人，对家不管不顾的，晚上开完车，也不回家，跟他几个哥们儿去撸串儿吃涮肉，打电话给他吧，他就说马上回马上回。几个小时后回去了，倒头就睡，也不洗澡也不洗脚。”

她手指叩着方向盘，顿了半晌又说：“我们吵得多凶啊，所有东西都砸。”她咂巴了一下嘴，“有一次吵累了，他说这个家我待不下去了，我走了。走就走，谁也不拦你。我抱着孩子坐在沙发上，他走到鞋架边上换鞋。他低头系鞋带的时候，我觉得我的心一下子软了，你知道那种感觉吧?”她瞥了我一眼继续说，“就觉得这个男人啊，真可怜。一出门，谁要他啊？没什么本事，长得又矮又胖的，脾气又不好，谁要他呢？我也不知道自己为什么心疼他，就叫他别出门了，睡觉吧。他就立在鞋柜那里，不说话。我抱着孩子就走到卧室里去了，他呢，不声不响地也换了睡衣进来睡了。”她说到这里，笑了一声，“后来我跟他说这个事情，他打死都不承认自己可怜。他就是个死要面子的人。”

车子到了我住处的附近，但我没说话，她继续说：“现在我清静了，也没人跟我吵。他走就走了，人迟早不都是这样吗？早走晚走，都是个走。他的车子我现在开着，手机也是他的，我这身上的，”她拍了拍羽绒服，“也是他的。挺好，就跟他这个人还在似的。”她把车子拐上岔道，停到我家小区门口，“是不是这里？”我说是的，准备掏钱给她，她摇摇手说：“不用给了。今天晚上让你听了这么多废话，真是抱歉。”我忙说没有，一定要把钱给她，她不得已接了，说了声：“谢谢。”我站在那里，看着她的车子消失在路口的拐角处。走在回家路上，我小声哼起了那首《米店》：“三月的烟雨飘摇的南方，你坐在你空空的米店。你一手拿着苹果一手拿着命运，在寻找你自己的香。窗外的人们匆匆忙忙，把眼光丢在潮湿的路上……”我在想，她会不会有时候也会哼起这首歌？小区的楼群多是黑的，在这样的深夜，大家都睡熟了。

（摘自《读者》2017 年第 17 期）

保温杯不是中年人的迷失

林　栗

近日，保温杯突然成了社交网络上的热点话题。中年男人手里拿着保温杯，里边或许还泡着几颗枸杞，这似乎成了“中年危机”的典型画面。

其由头是一位网友讲述自己一位摄影师朋友的经历。一个中年谢顶的摄影师朋友，年轻时玩过摇滚。前段时间他去给黑豹乐队拍照，回来后甚是感慨：“不可想象啊！不可想象啊！当年铁汉一般的男人，如今端着保温杯向我走来。”

之后，黑豹乐队鼓手赵明义在微博上“认”下了自己的保温杯。这一事件被迅速地和“中年危机”联系在一起。一篇在微信上点击量过 10 万的热文在细述了中年人的重重压力之后表示：“记住，中年危机最后的倔强，决不拿泡着枸杞的保温杯。”

听说我的保温杯在微博上火了

这是一次兼具喜感与沧桑感的热点事件。摇滚乐手的保温杯，竟引发了失望、自嘲、诉苦、恐慌等群体性情绪。走进中年的人们似乎从中看到了自己曾经激情的青春与沉闷的现状，尚在青年阶段的人们也仿佛从中预见到自己的将来。

为什么？一种生活中随处可见的日常用品，何以承载了这么丰富的情绪？当人们感慨中年、恐慌中年，又是在恐慌些什么？怎样才是理想的中年生活？

保温杯意味着任性青春的反面，这之所以会成为一个“事件”，首先在于端着这只保温杯的，是黑豹乐队的鼓手赵明义。黑豹乐队——这支在20世纪90年代的中国红极一时的摇滚乐队，是那一代人难以磨灭的青春记忆。

在那个中国摇滚乐的黄金十年，从崔健到黑豹，摇滚文化代表和唤起的是青年一代对主流秩序与文化的反抗，承载的是一代人对于自由和自我的期待。

所以，当一头短发、略微发福的中年赵明义端起一只保温杯时，便意味着那种属于“反抗”的外在形式已经面目全非。

而且，保温杯也不只是保温杯。在中国，“喝热水”是代代相传的生活常识，也是所谓养生的入门级要求。

所以，当曾经叛逆的你选择了随时喝保温杯里的热水，就证明至少在生活习惯上，你已经重新向“主流”靠拢了。

但是，“青春”的逻辑永远与此相反。青春的要义在于挥霍和放纵，并且有资本来挥霍和放纵。所以一旦变任性为小心翼翼，就意味着老了，意味着一切年轻时曾经有过的硬气、嚣张、不羁，都已经丧失殆尽，向人生投了降。

自嘲的和恐慌的，到底是谁的中年危机

赵明义在微博上的反应，是平静中带一点淡淡的自嘲。事实上，真正在恐慌中年危机的，反而是参与这件事的传播并使之成为热点的中青年网民。其中的主导力量，恐怕是 80 后甚至 90 后——那篇热文的作者，便在文章中讲道："少年，过了 20 岁，眨眼 25，秒过 30 岁，飘飘忽忽眼瞅着要奔 40，不早做好准备，到时候哭的时间都没有。"这种焦虑感，显然是属于 30 岁上下的青年人的。

遭遇"中年危机"的年龄段正在不断提前。2017 年初，"1988 年出生的中年女子"和"90 后步入中年危机"这两个话题就一起刷过屏。是的，在城市里打拼的青年们，确实有很多理由焦虑。他们承受着快节奏的工作压力，疲惫地加班，却似乎并没有希望靠这些努力过上"想要的生活"，而是越来越深地陷入买房、租房、还贷、育儿、养老的无休止循环当中。除了累，更令人心酸的是平庸感：曾经梦想过的一切，都渐渐在现实中被消磨掉了，似乎再也不会有实现的希望了。

你已经不再年轻。一方面无法再像年轻时那样靠丰沛的精力和满怀的希望来"折腾"，另一方面又无法在现实中及时拥有像父辈或兄辈那样看上去"完满"的日常生活。在这两者之间的夹缝里，青年们感受到了危机和虚无，他们借由每一个出口来发泄和疗愈自己，无论是"感觉身体被掏空"还是"我也端起了保温杯"，都是类似情绪的体现。

但这一事件表达出的中年恐慌，混杂了犹疑、伤感、不舍的情绪，恰恰证明其表达主体仍然是青年人。只有尚未真正迈进中年的深宅大院，只是在门槛外徘徊的青年，才会用这样张扬的方式来宣泄自己的情绪。某种意义上，这是一种"后青春"的症状。

什么是好的中年生活

如果端着保温杯的中年生活不值得期许，那么怎样才是一个中年人应该过的生活?

在中国，绝大多数人对于“好生活”的想象是狭隘的。我们不爽于父母长辈只认同稳定和按部就班就是好生活，但与此同时，年轻人对于好生活的想象也未必就宽广多少。能得到最广泛认同的或许有两种——一是关于青春的想象，如20世纪90年代的摇滚乐手般张扬自我、激情四溢；二是关于成功的想象，事业有成，引人艳羡。换句话说，就是或者能拥抱“诗与远方”，或者生活在当下却没有一点“苟且”。

青年失去了从前的青春，也并非当下的所谓成功者，所以中年危机向低年龄蔓延。因为富于才华和勇气的毕竟是少数，而世俗意义上的成功也只属于金字塔塔尖的少数人。

但这是面对真实的生活所应有的态度吗？无论是叛逆还是成功，都未必不是标签化的虚荣。一个比“中年危机”更需要面对的事实是，我们中的绝大多数人，都没有学会如何在现实中创造好的生活，甚至不懂得什么是真正的良好生活。

学者陈嘉映在他的《何为良好生活》一书中引用亚里士多德的话，把“德行”与良好生活关联到一起：“有所作为跟成功学没多大关系。今人把有所成就的人统称为‘成功人士’，实则，成功人士和不成功人士一样，有的过着良好生活，有的品格低下、灵魂干瘪。”

这是理想化的范式。但是在唯成功至上、唯青春至上的社会氛围中，一个在事业上小有成就的中年男人在工作中，不摆架子、不提要求，而是带上一只自己需要的保温杯，也实在不失为一种良好素养的体现。甚至，如果“当年的铁汉子不该拿保温杯”或“中年男人应该如何如何才不失尊贵”成为一种“准主流”的群体意识，那拿起保温杯的赵明义简直就是在20年后践行了另一种“反抗”。

每个人对自己的生活都是如人饮水，冷暖自知。不被外界的标签和期待所左右，诚恳地对待自己的身体，认真地践行自己内心所信奉的价值，也许这才是足够好的中年生活。同样，能认同中年人如此生活的社会，也许才是一个更为成熟的社会。

（摘自《读者》2017年第21期）

一辈子做好一件事

祝小兔

手艺人是一个阶层。

只是这个阶层无比特殊，幸福感极强。在这个群体中，人是为了一门手艺打磨一辈子，至死方休的。世界之大，选择之多，手艺人只委身于其一。所以，这个阶层更像是一种境界，达此境界，一切泰然。

不为世俗标准而活，其实是很难得的，需要很强大的信念，去树立自己的价值观体系。人生本该多样。在手艺人那里，人生都很慢，一辈子只做好一件事，一生只爱一个人。没有谁知道自己能活多久，多活一天，就能多做一天自己喜欢的事。因为有一门专注的手艺，才不会为时间的消逝而恐慌，时间的作用是为手艺加冕。人本来就是这么简单，很小的事情，用生命去投入，就会有永恒的价值。

不只为谋生，而是对人生价值的追索。这些价值是不能用常人的计算标准去衡量的。

他们有人拙，有人痴。有些是旧时代传承下来的手艺人，做着与社会脱轨的工作；有些是新时代的手艺人，更接近设计师甚至艺术家。有些是运用各式各样的技巧，有些以手艺为生，有些则把手艺作为生命的调剂，以抵抗这个时代的仓促，消减这个时代的无力感。

炫耀技巧就失去了灵魂。

尽管都在竭尽全力地呈现最好的技艺，但任何时候，技巧都不是最重要的。它是润物细无声的东西，是承托情感的无形之手。如果我们见到他们的作品并感到震撼，那么他们便不需要解释其中的一道道工序，可我又不舍得忽略这其中他们的付出和努力。但我相信，最高的技巧就是看不出技巧，或者说技巧都含在了作品之中。

无论是什么，不必拘于贵贱，哪怕是最不起眼的普通物品，在善用者手里，都像有了灵魂。打动我们的，不是他们能做出如何巧夺天工的物件，而是手艺人深刻理解材质的本性，顺意而为。

他们的手艺虽然毫无关联，却又息息相通。他们要专注于手艺，同时要有手艺之外的东西，这是让他们与众不同，也是让我无比着迷的地方。

他们从不省略，不做减法，不怕重复。他们是要有一些我行我素的个性，甚至是一厢情愿，才能避开纷扰，抵挡诱惑，忍受得了孤独和重复，并怀有一颗偷着乐的心。

在每门手艺中，我都能感觉到禅意，这是手艺人对这个世界最深情的表达。

（摘自江苏凤凰文艺出版社《万物皆有欢喜处》一书）

听说你想成为自由职业者

徐小妮

我一度很好奇，为什么很多人对开咖啡馆心心念念，后来发现，咖啡馆、小餐馆、奶茶店、小客栈、淘宝小店……这些梦想指数高的关键词，它们有一些共同的特性：1. 能够获得一份收入；2. 入门较简单，不需花费过多成本和精力；3. 自己说了算，不牵扯太多团队合作；4. 美美哒；5. 面向流动人群。

想开这些店的人，潜台词是：我想过自由的生活，有点钱，够日常支出就好；有点闲，能慢下来，享受过程的美好；有趣，能认识更多朋友。

维持平衡就好，有钱但忙到死，有趣但穷到哭，有闲但无聊得要命，都不算一个好状态。如果没钱没时间还无聊，光是想想都生不如死呢。

那么问题来了，如何才能达到平衡的状态呢？相当一部分人会说：“我很想辞职，不想被老板骂，不想挤高峰期的地铁，不想周末加班还没有加班费，不想一年只有七天假期，想请假出去旅游还要看别人的脸色，但我不知道辞职以后干什么。”

“我很想自己做点什么，但想了好几年，也没有勇气真的放弃现在的生活。”

我已经自由职业了一年，因为总有人询问感觉如何或怎么维生，所以决定写一写这一年来的感受。

自由职业者，首先要职业，然后才自由。

单枪匹马出来混，总得有个技能傍身，一技之长是提供个人价值并因此获得回报的前提。不具备职业性，辞职后即使拥有了大把时间，也感受不到自由，因为时间都花在焦虑上了：焦虑生意没法走上正轨，焦虑没有客源，焦虑没有稳定的现金流……有的是让你大把掉头发的麻烦，哪还有悠然自得的心情？

大多数人在第一步就卡住了——“可是我什么都不会啊。”能理直气壮地说出这句话的人，应该写封感谢信给老板，感谢老板雇用了你，给了你一口饭吃。不要找借口，说什么我没本事、没机会、没平台，你之所以不会，就是因为懒。

怎么拥有一技之长？首先记住——辞职前不会干的事情，辞职后大多也不会干。不要说“等我辞职后，再去学个什么什么”。不管工作有多忙，学一项技能的时间一定是可以挤出来的。

在有工作保障的时候，就应该开始为自由生活做内测。是的，自由职业和其他创业一样，需要反复摸索，实验失败爬起后才能蹚出一条阳光大道。辞职以前，试着做这些事情。

1. 花钱

趁有钱可花的时候，学会怎么花钱。免费的东西是最贵的，它用很差的质量占用了你的带宽，抢占了你享受好东西的时间。网上固然有看不完的免费资料、公开课、论坛讨论，但基本上停留在入门级，想要深入下去，不妨花一点钱，去买专业书籍、请专业人士培训、去专业的店铺体验，花钱买别人长期累积的专业和视野，买别人已经实验论证过的正确方法，是很划得来的买卖。在掌握正确方法的情况下，学会一项谋生技能，1~2 年就足够了。

2. 花精力

就算是个自由职业者，你也不是一个人在战斗，前期累积的资源、人脉、平台越多，后期才越容易产生连接并实现合作。去认识与技能相关的群体，加入他们。就职的公司能够提供平台当然最好，如果目前的工作和将来自由职业的方向没有一点关系，那也不要紧，这个时代提供了大量由兴趣连接的社交工具，花点时间，保持开放的心态，坚持在正确的社交平台上发出自己的声音，或许会有意想不到的收获。你是最常接触的五个朋友的平均值，如果五个最好朋友都是安分守己的上班族，那么你自己成为一个安静美男子“少女”的概率是多大呢？

3. 花时间

热情有，方法有，跨出了第一步，更多的人会跌倒在第二步——热血地学习了一段时间后偃旗息鼓，虎头蛇尾最后不了了之。所有事情都是“略懂略懂”，真的要成为事业那还远着呢。这个时候，最重要的是养成一个好习惯。形成一个新习惯起码需要连续坚持 21 天，保持下去则需要坚持 100 天，达到牛人级别需要花掉 10000 小时。想想你为此投入了多少时间？请不要再说“我就是什么都不会”“我没有这种本事”之类的话了，你不会，不就是没有花够别人花的时间吗？

4. 心态调整

那些说“没有勇气放弃现在的生活”的人，要解决的不光是能力问题，还有心态问题。害怕挑战、不敢放弃、逃避选择，说白了，不是真的想要改变，只是想什么好处都占着。改变都有风险，但一成不变的风险更大。

学会放弃，一无所有的时候还好，年纪越大越不容易做到。

学会接受挑战，自由职业者如同单口相声演员，出场以后一两个包袱没抖响，心情就开始沮丧了。既然选择站在舞台上，有没有观众反馈，都要保持高昂的状态直到谢幕为止。要相信，所有的努力都不会白费，重要的是坚持做下去。而在职时提前演练，抱着失败了也没关系的念头，在心态上会平和很多。

5. 保持敏锐

上班久了，习惯寻求安全感，反应速度慢，自主性差，靠别人推着才会走一走，而自由职业需要保持紧张感。刚辞职的时候，我每天必须打开Outlook看好几遍，脱离了邮件，居然不知道自己该干什么好。不能自主驱动、自始至终完成一个项目，就只能做一颗流水线上的螺丝钉，成为抽几鞭子才会旋转的陀螺。简单说，你首先要成为一台发动机，把电源动力掌握在自己手里才行。

说了这么多，为什么有时候上班给人感觉那么不好？因为你还没有找到一个完整的自己，这个完整的你，可以实现自循环，不因职业岗位、领导同事的改变而改变自身属性。没有自由职业意识的人，觉得工作是在为别人打工，自己无非是挣钱糊口。当你把重心放在自己身上时，才会感到无论做什么事都是别人在为自己打工，工作是为自己积攒资金、人脉、资源和方法论，帮助建立一个完善的自品牌。

大多数人的时间在刷微博微信看韩剧逛淘宝买包包时花掉了，因为他们并不知道如果不这样，还能为自己做些什么，才能抚慰日日焦躁而疲惫不堪的心。如果想摆脱现有困境，成为一个工作生活平衡的自由职业者，就要先去找到自己，想明白“我是谁”“我想做什么”“我该怎么做”的问题。

有时间不代表有自由，工作很忙也不代表没有自由。无论什么时候，找到自己，才会自由。

（摘自微信公众号“壹心理”，2017 年 1 月 22 日）

外卖小哥的诗与远方

麦大人

1

近日，朋友圈突然被一位外卖小哥“雷海为”刷屏，他究竟何许人也？

原来第三季《中国诗词大会》总决赛刚刚落下帷幕，其貌不扬的外卖小哥雷海为一路过关斩将夺得冠军。

在与上一季亚军、北大硕士彭敏的“终极 PK”中，原本彭敏有着良好开局，却没有抓住有利战机扩大比分，在自己不停失误送分的情况下，一步步将对手送上冠军宝座。

反观雷海为沉着冷静，处变不惊，有着深厚的诗词功底，以势不可挡的气势答下最后一题。话音刚落，全场观众沸腾了，主持人董卿也不禁为他振臂高呼。

“淡定哥”雷海为不仅赢得了对手的称赞，同时也收获了在场所有人的钦佩，圈粉无数。

对手彭敏这样评价雷海为：“海为就是《天龙八部》里那种扫地僧，他根本就不管江湖中的事。但是他一旦出手，就会震惊整个江湖。”

得到对手如此高的评价，雷海为也算是实至名归了。

有网友也赞叹道：“你永远都不知道你的外卖小哥除了送外卖还有什么才艺。”

相比拥有无数光环的北大硕士彭敏，外卖小哥雷海为来自民间，显得非常普通。他要跟天之骄子们在《中国诗词大会》中同台竞技，私底下付出了多少努力，我们很难想象。

因此，夺冠后，董卿都为他点赞：“祝贺你，雷海为！你不仅战胜了所有对手，你更战胜了你自己，更战胜了生活！你是一位生活的强者！”

没错，弱者抱怨生活，强者改变生活。

你在私底下花的任何时间，都会在某个时刻得到回报，并放大出来。

2

似乎每一个厉害的人物，都有一个苦哈哈的曾经，外卖小哥也不例外。

80 后外卖小哥雷海为来自湖南邵阳，从小父亲就给他培养了一颗热爱诗词的心。教他用毛笔在小纸片上写上古诗词，贴在家中的墙壁上朗诵。希望他能成为有涵养的人，将山川藏于心中。

初二，有个同学带来了一本金庸的《倚天屠龙记》，雷海为看入迷了，后来就自己写了一章，传遍全班，同学们都来催着更新。

尽管他学习异常刻苦，在学校成绩名列前茅，却因为户籍问题未能进入大学，成为一生的遗憾。

但雷海为并没有沉沦下去，中专毕业后，他就早早踏入社会，感受生活的磨砺。在工作之余，他把所有时间都花在了读古诗词上面。

这些年来，城市在变，工作在变，唯一不变的就是他对诗词的那份执着和热爱。

后来，他偶然地读到了《诗词写作必读》这本书，搞懂了诗词的基本格律。从此对诗词的热爱“上了好几个台阶”，开始了“我爱背诗词”生涯。

“事了拂衣去，深藏身与名。”

在2003年，他就已经能背诵800多首诗词了。

那时电视上热播金庸武侠剧《侠客行》，其中就有唐代大诗人李白的《侠客行》。为了了解更多内容，他跑到书店去查找，翻阅无数典籍后终于找到，如获至宝一般。

由于经济条件限制，没有多余的钱买书，他就在书店里当场把那些自己喜欢的诗词背下来，然后回到家里再把它默写下来。有时候一天背得太多，出现一些混乱，然后下次去书店时再把它核对出来。

“江南忆，最忆是杭州。山寺月中寻桂子，郡亭枕上看潮头。何日更重游？”

因为一颗爱诗的心，雷海为最终选择来到杭州打拼。在这座古都中，历代文人墨客留下无数的诗词篇章，使它富有神韵、精致和厚重之感。

在这里，他完全融入了杭城，不仅爱好诗词，也喜欢上了杭州的地方剧——越剧。他在汉服圈里也有一定的名气，一有空闲就跑到黄龙洞去，拜会圈中的成员。

很快他就融入这个圈子，现在还有个外号叫“令狐冲”，和他相熟的朋友都会叫他冲哥。从他这个名字你就可以看出来，他是金庸迷。

罗曼·罗兰说，世界上只有一种真正的英雄主义，就是认清了生活的真相后，还依然热爱它。

3

在参加诗词大会前，雷海为每天的生活轨迹是这样的：

日常，他从上午十点半到下午两点半都在送外卖，结束后，回家换一个电瓶，把早上的饭热一下，吃掉。

休息两个小时以后，又要出去赶晚餐高峰，忙活到晚上八点半，然后回家，十点半准时睡觉。最近因为诗词大会连播，他为了看节目，睡觉时间往后推了半小时。

尽管工作繁忙，但丝毫不影响他对古诗词的热爱。

“一般在等餐或者休息的时候，他会把随身携带的《唐诗三百首》拿出来看。这样一单外卖送到了，一首诗也背会了，心里特别高兴。”

送餐的日子定然是辛苦的。“天气越恶劣我们的生意就越好，所以大家都是风里来雨里去。”

有一回送餐疏忽，他忘记了及时充电，吭哧吭哧跑到傍晚没电了。只好推着车找了一家电瓶车维修店，一边给车子充电，一边拿出他随身带了好多年的《唐诗三百首》给自己“充电”。

为了省钱，他和其他几家平台的外卖小哥住在一起。一间不足80平方米三室一厅的房间，放着3张上下铺，一个铺位只要700元。

如今这个遍地低头族的社会，雷海为的行为显得有点另类。

他并没有像大多数人一样，网络跟他好像并不那么亲近，他几乎从不刷微博、看朋友圈、玩手游。他的生活里，只有一个简单爱好，诗词歌赋。

风里来雨里去，户外工作让他的皮肤晒得黝黑，但在黝黑的外表之下，却隐藏一个精神富足、生活有趣的男人。

出名之后，雷海为也考虑过自己今后的出路。他觉得送外卖是一个体力活，由于年龄限制，这不是长久之计。

“打算顶多再送一两年外卖吧，然后回老家去创业，搞养殖业，顺便照顾年迈的父母和孩子。”

我们常说一句话，人生没有白走的路，每一步都算数。在这里改动一下，人生没有白读的书，每一本都让你离目标更进一步。

4

不忘初心，方得始终。

今天，很多人都羡慕那种诗与远方的生活，但生活里却不乏苟且。也许平凡生活里的爱和倔强，才是最好的诗和远方吧。

从一个到书店读诗抄诗的外卖小哥，到《中国诗词大会》的擂主，雷海为用了 13 年时间。将诗词沁入心田，化作春泥，与其融而为一。

他曾说：“我当时读诗，纯粹是出于对诗词的热爱，去读去背去感受古人的思想感情和意境。我真的没有想到，13 年的读诗背诗，能够让我站在央视的舞台上。”

而这，让我们更加坚信，诗词拥有不朽的力量。

雷海为的故事让我们懂得，英雄不问出处，真正的诗意人生，是需要自己用心去营造，付诸实践的。

正如《真心英雄》里所唱：不经历风雨，怎么见彩虹，没有人能随随便便成功。

诗人汪国真也说过：“我不去想未来是平坦还是泥泞，只要热爱生命，一切就在意料之中。”

要使生活变得有趣，身体和灵魂，总要有一个在路上。

愿你在平凡的世界里，非凡地活着。

写到这里，我想要用当年明月在《明朝那些事儿》的结尾里的一句话来作为结尾——这位在 2006 年崭露头角，狂赚几千万的畅销书作家，却在出版了一本书之后安心去继续他的公务员生涯，或许他的答案才更好——

成功的方式只有一种，那就是用自己的方式，去度过人生。

（摘自“简书”，2018年4月7日）

停用微信三天的感受

病　房

在好些时间会有这样的想法：停用微信三天。

我总感觉自己把大部分的空闲时间花在了手机上，不是打王者荣耀就是刷微博、玩微信。

生活状态越来越糟糕，有时莫名其妙地打开微信，生怕错过别人的一条消息。

似乎我们都成了离不开微信的人，如果哪天不看微信，就总觉得生活中缺少了一点什么。

半个月前我做了一个小测试：

三天不登录微信并且坚持下来了，今天想和你们谈谈停用微信三天的感受。

停用微信的第一天

我觉得手机没有了，很无聊，总感觉缺少了点什么，于是便去家旁边的报刊亭买了一本杂志，还记得是高中时看的杂志，之后上了大学，就再也不看了。

打开时，我似乎回到了校园生活，看着一篇篇文章，有回忆高中时代的、有讲述人生经历的，就这样看着看着到中午了，一本杂志被我看完了，然后我被妈妈叫出去吃饭。

因为平时工作忙，也没有好好和妈妈说说话，即使说话也会看着手机。

现在没有了手机，坐下来和妈妈好好聊聊天，还和妈妈交流了一下有关未来的人生规划，妈妈给我提出了一些合理的建议。

这时，爸爸在旁边问了一句："下午有空吗？去羽毛球馆打羽毛球吧。"

想想还是小时候，爸爸手把手教我打羽毛球，已经有几年没有和爸爸切磋球艺了。

我们来到了羽毛球馆，和爸爸打了两个多小时的羽毛球，酣畅淋漓。

爸爸还是一如既往，球技精湛，休息的时候，爸爸看着我说："你长大了，未来一定要好好努力，有什么事情尽管来找爸爸妈妈，爸爸妈妈会无条件地支持你，爸爸妈妈会是你最强大的后盾。"

你看，一天不玩手机也没有那么无聊，可以陪陪家人。长大了不代表你就不需要陪家人了，家人永远是你强有力的后盾。

抽出一点时间陪陪爸爸妈妈，他们老了，我们长大了。小时候是他们照顾我们，现在该我们照顾他们了。

停用微信的第二天

感觉手机对自己的影响已经不大了，但有时会想着万一微信里有人找我怎么办。

为了消遣时光，我约上几个许久不见的老友，一起去了一个茶室，相互交流。

平时只能在朋友圈了解他们的动态，现在却有了更多深入的了解。

其中一个朋友决定今年暑假去创业，我们几个人七嘴八舌地给他很多建议，有用的没有用的；有一个朋友决定考研，我们鼓励他一定能成功通过。

那天，似乎又回到了友谊刚建立的时刻，我们像许久未见的老朋友。

我们知道虽然平时不经常在一起，但遇到困难时可以毫不犹豫地向对方求助。

我明白了，无论怎样朋友还是要多聚聚常见见；我相信这几个人会是伴随我一生的老友。

停用微信的第三天

无独有偶，我有一个朋友也曾经停用微信几天，她和我吐槽：

原本以为打开微信时，会有很多人来找她，殊不知别人压根就没有把她当成一回事。

很多时候不经历一点东西，不会知道你在别人心目中压根什么都不是。表面上跟你客客气气，其实遇到事情别人才不会出手帮忙。

朋友有一个喜欢的人，对方却和她暧昧不清，始终不肯确立关系。

在那几天里，她最期待的就是喜欢的那个他能够发几条关心的消息，没想到当她打开微信，什么都没有看见，那个男生还是照常发朋友圈，还是照常生活。

地球没了她还是照转，后来她也明白了，以后再也不要把感情建立在网络上。

如果喜欢那就告诉他，网上的东西终究是虚无缥缈的。

千万不要把朋友建立在社交软件中；千万不要把喜欢的人建立在社交软件中；千万不要把你的安全感建立在社交软件中。

安全感只有能触摸到的，才是最真实的。

第四天恢复了微信，现在似乎觉得手机也没有那么重要了。

我学会了适当放下手机，观察身边的人，了解身边亲近的人。

记得高考之前，一直都没有用手机，生活还是照旧，日子还是继续。也一直记得高考前的那段日子，虽然煎熬虽然痛苦，但却是最让人怀念的一段时光。

那是我们最努力的时候，那是我们为了一个梦想拼搏的时候，那是一个没有手机一心学习的时段。

人之所以为人，就是因为有调控性，可以控制自己的行为，这是人和动物的区别。

相信我，放下手机多出去走走，你会看到不一样的风景。你身边的交友圈子又会是一番不同的模样。

我们要从手机中走出来，去拥抱现实中的友情、爱情、亲情，去拥抱你身边的人。

不要隔着屏幕认识一个人，喜欢一个人，爱上一个人。赶紧放下手机，去拥抱身边的人。

（摘自“搜狐网”，2017 年 10 月 9 日）

我就是喜欢我的 TFboy

林玉枫

眼看着一年一度的端午节将至，赶着买粽子的人多了起来。各种包装各种口味的粽子被摆在超市最显眼的位置，排队结账的时候我仔细观察了一下，有画着艾叶包装的，有画着龙舟包装的，也有画着屈原包装的，充满了节日的气氛。正看着的时候旁边的一对母子突然间由平常的对话升级为争执，一下子吸引了所有人的目光。

“从进超市到现在，你就一直在听歌。”妈妈看着很年轻，30 岁出头的样子。

“TFboy 的歌好听啊。”儿子不以为然地回复道。

“好听什么啊？你天天就知道崇拜这些电视上的明星，你知道端午节是怎么来的吗？”妈妈似乎有些生气。

“我当然知道啊，为了纪念屈原。”儿子辩解着。

“屈原是中国多伟大的诗人啊，不值得你崇拜吗？你偏偏要去喜欢

TFboy。”

儿子听后不再讲话，小脸憋得通红，看得出来，他想要继续辩解，但是话到嘴边又憋了回去。

这时我注意到了周边那些年轻的父母，不少都在若有所思地点头表示赞许。最后，那位年轻的母亲冷冷地牵着儿子结完账离开了超市。我深知那孩子心中的委屈，本来只是听个歌，最后却变成了个人追求问题。如果换作是我，我一定会据理力争：你去崇拜你的伟大诗人吧，我就是喜欢我的 TFboy。

记得我读书那会儿，老爸特看不惯我留长头发，每次我放假回家，看到我那比眉毛长不了多少的头发他就命令我去理发，好像剪头发不要钱似的，为此我与他在我头发的事情上斗争了多次。有一次我的头发又长长了，并且在洗头的时候被老爸撞见了，他又开始行使他作为长辈的权威，命令我下午必须将头发剪掉。我一听来气了，但是还不敢公然顶撞，于是就小声嘀咕着，我就是喜欢长发，不料被耳尖的爸爸听到了。接下来对我进行了长达五分钟的思想教育。

“你看看别人，谁像你啊，今后毕业了去上班，别人都不会要你。那些成熟的青年人都是短发啊，看着多精神……”

为了守护着我心爱的长发，我吸了几口气，壮了壮胆，说：“那是三四十岁之后的事儿，毕业后如果因为头发长了而找不到工作我自然会剪短的，本来二十岁出头的人为什么要弄个三四十岁人的发型，再说了我看了你年轻时的照片，还不是长头发，还烫了的。”我一开口就忘了停下来，意识到可能会被揍，我急忙打住了，用余光望了望我爸，脑海中只记得他那张铁青的脸。后来为了不再因为头发的事情受到我爸的骚扰，我便自己买了剪头发的剪刀，只要感觉我头发超过了警戒线我就自己修理。让它看起来不会因为长度而引起我爸的情绪，也不会短到拉低颜值。大学期间我都是自己给自己剪头发，在此我应该感谢我爸，不但让我通过自学练就了一门手艺还为我节约了不少钱，甚至，村里面的一些老奶奶老大爷还特地跑到我家让我帮他们剪头发，这一时让我妈妈逢人就炫耀说："这头发是我儿子剪的。"当然走到这一步我也算是历经了坎坷无数，有一段时间竟然被身边的人说我的头发像狗啃的。

这是我为我飘逸的长发做出的努力，当然相信大多数小孩在面对父母的威逼利诱时还是会选择识相。

时间过去了多年，后来我参加了工作，头发也没以前长了。我放弃了我坚持不懈而自学的剪头发的手艺，感觉到头发长的时候我会选择去理发店，让理发师将我的头发剪到长不影响职场，短不拉低颜值。当然这对理发师确实是一种莫大的挑战。有时候新剪了头发被表弟撞个正着，他一脸嫌弃："怎么剪这么短呢？丑死了。"我不以为然地看着他那方便面式的杂毛，"你留这么长干吗啊？看着多不舒服啊，赶紧去剪短点。"说完我又瞄了一眼他的穿着继续说："穿这么鲜艳干吗啊，穿简单点看着成熟些。"表弟每次都被我说得很无奈，仅仅以"我觉得好看，我喜欢这么穿"无力地回应着。

我突然发现，历史惊人的相似。当我批评他的穿着打扮、喜好追求的时候，我在他那个年纪的时候也一样的因为穿着打扮、喜好追求而被我的长辈们批评着。我们习惯于用社会化高傲的姿态来批评个性化"低俗"的追求。就像你小时候喜欢周杰伦为什么就不允许你的下一代喜欢 TFboy 呢？每个人都曾"低俗"过，都曾喜欢或者追求过"低俗"的音乐、"无内涵"的明星，但是那就是我们成长的必经之路啊。

有一天我们会喜欢和自己经历、人生息息相关的音乐，崇拜那些为了国家发展而默默无闻的科学家们，研究那些充满传奇色彩的历史文献。爱上书法、爱上太极、爱上诗词、爱上一切有沉淀的事物。但是现在，我就是喜欢我的 TFboy，请允许我自己一个人走完这段"庸俗"的成长之路。

（摘自"简书"，2017 年 5 月 28 日）

王二的水井和中国的油价

郭　凯

王二所在的村子缺水，整个村子就王二家的院子里有一口小水井。

过去村里的百姓生活得简单，不要说洗车了，那个时候根本就没车，就是洗澡都不是很频繁，所以那个时候一口井也够用了。那个时候也没人管井，谁家想去打水都可以，水是不要钱的。

后来，老百姓的生活开始变好，不少人家里都买了车，卫生习惯也改变了，村里的水马上就开始紧张。很快，光靠那口井已不够了，村里得花钱从外面运水进来才行。不过因为水多年以来一直是不要钱的，村里也不太好马上就开始收很高的水费，只能象征性地收一点。

水价不高，大家又习惯了用水，水的用量开始爆炸似的增长。

问题是外面的水可不便宜，而且整个村子新增加的用水每一滴都得从外面运进来。这不仅在经济上是一笔巨大的开销，还有一个稳定供应的问题。谁能保证每天送水车都能按时把水运进来？

于是村里有人出主意：那就提高水价吧。水价提高可以减少对水的需求，改变浪费水的习惯，最后可以缓解对村外水的依赖。王二对这个提议尤其支持，提高水价，他家的井水也能卖一样的价钱，那岂不是一笔飞来横财？村里的大部分居民自然很反感这个提议：这不是苦了村里的老百姓，最后让王二一家发横财？

国际油价在2010年中期以后一路上扬，很长时间都处于100美元一桶的上方。国内的成品油价格也随之上调，加油站里的汽油价格也达到了中国历史上的峰值。每到这样的时候，中石油和中石化两大石油巨头的巨额利润、垄断地位和薪资水平就会成为众怒所指。同样的情绪在其他国家也很常见，只是矛头不太一样。美国每当油价高涨，就会有议员跳出来要求调查石油公司是否操纵价格；英国碰到了油价高涨，就会有人抗议政府燃油税过高。说实话，英国和西欧的税确实很高，北京的汽油价格高的时候7元多一升，而同一时期伦敦的油价折合成人民币超过13元一升，这中间很大一部分是税。从对燃油征税的角度来看，绝大部分发达国家的税都比较重，包括英国、日本，甚至加拿大。美国是发达国家中的一个例外，税相对较轻，这也使得美国的油价比所有这些国家的都低很多，也比中国的低。

回到中国的油价，这里面其实有3个经常被联系起来但应该分开理解的问题：油价水平、成品油的定价机制以及石油公司的垄断和利润。

让我先谈比较简单的，也就是石油公司的垄断和利润。这个事情在我看来，类似于回答下面这个问题：是不是因为王二家里有村里唯一的水井，也就是垄断了水源，所以不管水价是多少，王二都应该享受全部的利润？答案显然是否定的。中国石油公司的垄断地位是行政赋予的，无论是在上游还是在下游。所以，不能因为把大庆油田交给了中石油开采，所以采出来的油获得的利润就都归中石油支配。不能因为走遍全中国，绝大多数加油站碰巧不是中石化的就是中石油的，这些加油站的利润就应该全部由中石化和中石油支配。当然更不能因为一个打字员碰巧是在中石化里打字，挣的钱就该比一个普通的打字员高好几倍。但这是一个宏观问题。这也不只是石油公司的问题，很多别的国企也有类似的问题。这个问题的解决应该是在宏观尺度上实现。王二所在的村子可以一起决定，王二院子里水井的利润由全村一起分享，而不是王二一个人拿，这个决定是可以和水价具体是多少完全分割的。对石油公司的利润，或者更广义的国企的利润，中国也一样需要一个宏观的解决方案。具体的方案是什么可能很复杂，但方向应该很清楚：国企的利润应该给全国人民提供福利，而不是只给国企自己的员工提供福利。

让我再说稍微复杂一点的，也就是成品油的定价机制。中国的成品油价目前仍然是由发改委说了算。2009 年 1 月之前，成品油的调价机制几乎完全是不透明的，国际油价涨的时候成品油价未必上调，国际油价跌的时候成品油价反而可能上调。2009 年 1 月之后，成品油定价机制进行了改革，尽管调价的机制仍然十分复杂，但改革的方向使得成品油的定价和国际市场原油的价格联系起来。这是向正确方向迈出的一小步。让成品油价的变动反映成本的变动，这是一件很自然的事情。任何试图通过行政手段稳定成品油价的行为，最后导致的只会是成品油价和原油价格的脱节，这不仅缺乏透明度，而且会带来严重的扭曲。原油价格涨的时候成品油价不涨，最后就只能是通过财政来补贴烧油，烧油越多的拿的补贴也越多，这是一种非常累退的补贴方式——你希望补贴的是生活困难或受到影响的人，不是开奔驰、宝马的人，但最后得到补贴最多的恰恰是开奔驰、宝马的。

原油价格跌的时候成品油价不跌，最后全部都变成了石油公司的额外利润，难道石油公司的利润还不够高吗？因此，高度透明、与原油价格挂钩的成品油定价机制，应该是继续努力的方向。

最后让我说可能是最有争议的，也就是油价的水平。中国税后的成品油价格比美国的高，这一直是公众关注的焦点。中国油价的绝对水平是不是太高了？对消费者而言，油价自然是越低越好，因此从消费者的角度说，大多数人可能会认为中国的油价太高了。不少人觉得，如果把过路费等各种成本考虑进来，再考虑我们的收入水平，相对应的开车成本中国更是太高。这些看法都有道理，但我们也得从更大的图景来看这个问题：节能减排、交通拥堵和能源安全都意味着，结构性调高终端油价也许才是正确的方向。

通过提高油价的方式来减少能耗，引导节能技术的发展，缓解交通拥堵，这是基本的经济学ABC。这未必是一个受欢迎的选择，但恐怕是最有效的方式之一。美国的油便宜也导致了美国的生活方式“油耗”极大，一个简单的比较是人均耗油量。在2008年，美国平均每人每年用油超过22桶，日本是不足14桶，而油价相当于美国油价两倍多的英国，人均用油只有不到美国的一半，是10桶。这些国家的发展水平类似，基础能源的结构也比较类似，人均用油量有这么大的差别，油价的差别怕是很重要的因素。

考虑到中国的能源安全，减缓用油量的增长显得更加迫切。中国已然是世界上第二大原油消费国和进口国，超过一半的原油依赖进口，这个比例将来只会持续升高，因为国内原油的产量增长已经相当缓慢。

这个世界上还没有其他任何一个国家像中国这样用油量如此巨大，进口依存度如此之高，用油的增长如此迅速，同时又是一个原油市场的后来者。没错，美国仍然有比中国更高的进口依存度和原油进口量，但是美国的增长速度远没有中国那么快，且美国最主要的三大原油来源——加拿大、墨西哥和沙特阿拉伯，都是美国的铁杆盟国。美国早就建立了分散、成熟和相对稳定的原油来源。没错，日本比中国还缺油，可是日本的原油进口已经停滞很多年了。没错，印度用油的增长也很迅速且非常依赖进口，可印度进口油的数量只有中国的一半左右。

在这个意义上，让中国的经济增长变成一个“省油”的增长，不只是一件有利于环保，减少能耗、污染或者交通拥堵的事情，更是一件有利于国家能源安全的事情。

回到王二所在的村子，在我看来，那个村子应该做的是结构性地提高水价，同时让村里的水价随着外面的水价而浮动，最后把王二家那口井的卖水收入集中到村里统一使用，花在全村百姓的头上。中国的油价问题如果也能照此办理，也就是逐步结构性地调高成品油价，保持成品油价随着原油价格浮动，石油公司的垄断利润上缴财政，这样大概才能解决我们围绕油价所面临的一系列问题。当然，提高油价老百姓不可能高兴，保持价格浮动等于削弱了发改委的定价权，利润上缴必然得罪中石油、中石化，因此在政治上这恐怕属于愚蠢至极的方案。但不能说这个想法本身是错的，而恰恰说明改革需要有远见和勇气。不得罪人，没有远见，就很难有真正的改革。

（摘自浙江人民出版社《王二的经济学故事》一书）

今天我们怎样做子女

谭山山

一转眼，就到90后也开始焦虑父母养老问题的时候了，更不用说既要给父母养老，也开始考虑自己如何养老的70后、80后了。

最大的90后到2017年已经27岁，他们的父母也已到50多岁或者60多岁的年纪，在他们已经面临或者即将面临的“421”（三代同堂）、“2421”甚至“4421”（四代同堂）家庭结构中，养老是个大问题。

这也是《奇葩说》节目在讨论该不该送父母去养老院时，在场的人“哭得像鬼一样”（主持人马东语）、屏幕前的观众也“哭得像鬼一样”的原因。因为戳心的点实在太多了。

比如黄执中说，我们不太善于和父母沟通，父母也不善于跟子女沟通。大家没有说真话的习惯，都在客套，跟父母也在客套。

马薇薇说：“我做儿女的时候，要求自己做最好的儿女；我做父母的时候，要求自己做最好的父母。所以，我绝不在做儿女的时候，期待父母为我做什么。”

张泉灵引述了一个数据：到 2030 年，我国将有 90%的老人是空巢老人。

问题就在于，只要你为人子女，只要你爱自己的父母，就会不由自主地反思：身为子女，我够格吗？

子女的问题，其实是父母的问题

在《致女儿书》中，王朔写道：“我不记得爱过自己的父母。小的时候是怕他们，大一点开始烦他们，再后来是针尖对麦芒，见面就吵；再后来是瞧不上他们，躲着他们。一方面觉得对他们有责任，应该对他们好一点，但就是做不出来，装都装不出来；再后来，一想起他们就心里难过。”

这就是以王朔为代表的那一代人对父母的看法和感情。

王朔对父亲的第一印象是怕——他和哥哥从一岁半开始住保育院，两个星期或一个月回一次家，直到 10 岁出保育院。回了家，王朔还是和哥哥两个人过日子，脖子上挂着钥匙吃食堂，几乎见不到父母。他父亲也几乎不流露父爱，偶尔表达父爱的方式，就是下班吃完晚饭后到保育院的窗外看儿子们。有一次他看到阿姨不给王朔饭吃，冲进去大闹了一场。

王朔对母亲的感情更复杂。在《致女儿书》里，他写到有一次和母亲争吵，他问母亲：“你对我好过吗？我最需要人对我好的时候，你在哪儿？”母亲冷静地说：“你在保育院。”王朔很悲愤，说：“父母跟老师一样，那要父母干什么？”他不知道自己能不能信任母亲，更没有提到爱——那是母亲理解范围之外的事，“她只认对错，按她的标准，要一个孩子永远正确就是她的爱。”

2007 年，王朔带着时年 79 岁的母亲上《心理访谈》节目，在节目上，他再次问了母亲这个问题：“妈，你爱我吗？”这次他母亲的回答是：“当然爱你啦。”王朔追问：“如果现在我是通缉犯、强奸犯，那你还爱我吗？”

他母亲顿时哑然。节目嘉宾李子勋对王朔的母亲说道："他其实是想问您，您对儿子的爱是无偿的吗？"父母没有安全感，便会下意识地把自己的恐惧传递到孩子身上，家庭关系都已经破裂了，大家却还在演。到王朔自己成为父亲，有了女儿后，他不愿意复制父母对他的冷漠，对女儿热情得过分。"知道你小时候我为什么爱抱你、爱亲你，老是亲得你一脸口水？我怕你得皮肤饥渴症，得这病长大后的表现是冷漠和害羞，怕和别人亲密接触。"

残酷的亲子关系

正如蒋方舟所说："大部分父母和子女的关系很残酷。"50 后、60 后的问题是缺爱，父母多半冷漠或矜持，不善于表达爱意；而到了 70 后、80 后那里，问题却可能是溺爱，父母满溢的爱令人窒息。

作家绿妖的短篇小说《少女哪吒》就描述了一个"希望自己是个孤儿，无父无母，谁的情也不欠"的少女形象。少女王晓冰有个单身母亲，表面看上去是个理想的母亲——"像电视剧里的妈妈一样文明，从不大声呼喝"，然而，王晓冰并不愿意自己成为母亲唯一的生活目标：她母亲永远在窥视她，想知道她在想什么，连洗澡都不放过，一定要给她搓背。

王晓冰后来上了卫校，她母亲为了给她找工作，花了上万块钱。王晓冰偷偷参加自考，考上医大，没有选择母亲铺好的路。她母亲气得把她软禁起来，叫了三个舅舅来一起批斗她。她母亲不明白，女儿为什么一定要离开自己，如此无情，像对待一个仇人。后来王晓冰一直在逃，"她像哪吒，剔骨还母，彻彻底底自己把自己生育了一回。"

故事的尾声，王晓冰的好友李小路回乡时偶遇晓冰妈，被叫去做客。晓冰妈展示她给女儿备的嫁妆："你看，这个红色，现在找不到这么正的红了，是给她结婚用的被罩……我连小孩一岁到三岁穿的衣裳、肚兜、棉袄，还有鞋都做好了，男孩一份，女孩一份，只要她生孩子，什么都是现成的，什么都不用她操心。”看到这一幕，大多数人会心头一凉，头皮发麻。

为什么不能明明白白告诉父母自己在想什么，自己不想要什么？就像黄执中在节目中说的，在东方人的亲子关系中，就是没有办法做到很好地沟通。一谈到亲情，不论是父母还是子女都没法理智对待。双方都有顾忌，都觉得需要为彼此考虑。双方都是真心，但结果却是两颗真心永远走不到一起。

新时期的“养儿防老”

有心理专家说，中国的父母和子女之间，习惯了一种基于孝顺和等级制度的相处模式，可是这种模式放在现在的环境里已经不再适用。年轻一代更适应现代社会，在和父母的关系上也要有相应的变化。

就像作家杨照所理解的“养儿防老”——“年轻人回过头来保护父母，让他们不至于被时间侵蚀、遗忘或遗失了自我，这才是‘养儿防老’”。以前，是父母牵着儿女的手，教他们学会走路、教他们做人的道理；现在，父母变老、变弱了，对新的时代变化表现出恐惧和不知所措（这会导致他们变得固执），就轮到子女牵着他们的手，帮助他们适应新的变化。

比如，父母对子女催婚、催生，更多的是因为感受到来自朋友圈的压力。身为子女，会觉得这有什么好担心的。但让父母放弃交往了一辈子的朋友圈，这不现实，被孤立的滋味我们都懂。所以，不如行使“围魏救赵”策略，帮助父母发展新的朋友圈，比如同为子女婚姻大事焦虑的其他人，让他们找到同道中人。

再比如，父母沉迷于广场舞怎么办？这是一个关于自我价值和生活目标实现的问题，他们需要在广场舞上找到自己活着的意义。那么，我们就要帮助他们开拓实现个人价值的机会和方法——参加一个老人交响乐团怎么样？2016 年上映的日本电影《老人交响乐团》中，那些最初把《威风堂堂进行曲》演奏得惨不忍睹的老人，却有着一个伟大的梦想：到音乐厅堂堂正正地演奏一回。打动观众的，正是他们那种不服老、不认输的精神。

身为子女，以上这些才是我们应该做的。希望每个人永远都不会有机会遗憾地说：“为人子女，我很抱歉。”

（摘自《新周刊》2017 年第 2 期）

未来世界的主人翁

古　典

2040 年的职业环境将从信息时代转向概念时代，改变会更多、更快、更不可预测，是以创造幸福与实现自我为核心的。未来世界的主人翁到底需要什么样的教育以适应这种职业环境呢?

教育是什么

所谓教育，就是把一个人的内心真正引导出来，帮助他成为自己所希望成为的那个样子。

我讲个故事，以便更好地阐明这一概念。有一张很有名的照片，照片中，美国联邦法院前的台阶上坐着两个人，一个黑人小姑娘和她的母亲高兴地举着张报纸，上面写着：“最高法院禁止在学校中实行种族隔离制度。”这张照片拍摄于 1956 年，照片里的黑人小姑娘想去自己社区的白人学校上学被拒绝，她的父亲愤而起诉，官司一直打到了美国的联邦法院。最终，法院裁定，禁止在学校里实行种族隔离制度。

案件的执笔人，第一次清楚地在法律文件中阐明了教育的观点：教育是帮助一个孩子在未来的生活中更成功地寻求自己的幸福（注意，是他本人的幸福，不是他父母的，也不是学校的）。

未来的世界是一个怎样的世界

我们总是希望孩子不要输在起跑线上，但是我要问，未来的世界是一个怎样的世界？大家是否想过，今天的小学生真正需要运用此时所学知识，是在什么时候，其实不是在高考的时候，而是在他们35岁左右。

那么未来的世界是一个怎么样的世界？今天的孩子到那个时候在追求怎样的生活？

在未来，第一个改变是，从信息时代转向概念时代。过去20年间，信息时代中很多重要的工作，在未来20年会被电脑所取代，那时，所有从事这些工作的人都有可能失业。比如银行前台服务人员，10年之后，类似这样的岗位会越来越少，如果你没有别的技能，将会非常尴尬。

逻辑分析能力是信息时代竞争的核心，而概念时代需要什么呢？是高概念化、感性的人才。举个例子，麦肯锡是全世界最大的企业咨询公司，1993年，有67%的员工是MBA，2003年这个比例已经降到了41%。现在又过去了10年，这一比例还在继续往下降。那么，是什么人取代了这些MBA呢？是MFA（Master of Fine Arts），就是艺术硕士。麦肯锡意识到，他们的调查报告必须用艺术的方式来表达，于是很多MFA慢慢代替了MBA。

苹果公司靠的是什么？是程序员、工程师吗？不是，靠的是好的理念。信息时代向概念时代推进的时候，那些原本仅靠知识和逻辑工作的人，将逐渐被电脑所替代，越来越贬值，而那些只有人才能做的工作，才是真正关键的岗位。计算可以由电脑完成，但是创意不能。

第二个改变是，行业变化会更多、更快、更不可预测。世界 500 强企业的平均寿命为 40 年，而世界 1000 强企业的平均寿命为 30 年。一个人的职业生涯有多长？如果 25 岁参加工作，65 岁退休，那就是 40 年。这意味着如果你一毕业就创业，一创业就成了世界 500 强，那么在你退休的那一年，公司正好倒了。

一辈子在一个公司、一个行业，会变得越来越难，这时如果我们还教孩子在大学期间学好一个专业，你觉得是不是有可能在害他呢?

第三个改变是，以创造幸福与实现自我为核心的职业生涯。2008 年中国人均 GDP 是 3400 美元，2013 年人均 GDP 是 6470 美元，到 2016 年时，中国人均 GDP 达到 8000 美元。3000 美元是一个国家开始现代化的起点，意味着一个国家和民族摆脱了贫困，开始过上小康生活。8000 美元是经济学上公认的一个拐点，在这个点之后，幸福指数和经济收益便没有显著的正相关了，也就是说再过不久，我们不管怎么挣钱，都不会觉得更加幸福。我们的幸福感不会随着我们的收入增加而上升了。

所以我想，下一代人一定不会像我们这代人那样，追求房子，追求安全感，追求钱，而是真正地开始追求幸福。这也符合马斯洛的需求层次理论——底层的生存、中间的社交和高层的自我实现。人的主要需求是出现在 14 岁到 18 岁这段时间，之后他的需求会慢慢固化下来。

未来需要什么样的教育

第一，从理性到感性。著名未来学家丹尼尔·平克说未来需要具备 6 种技能：设计感、讲故事的能力、整合事物的能力、共情能力、娱乐感、探寻意义的能力。简单地说，2040 年活得好的人应该是这样的：有品位，会讲故事，能跨界，有人情味儿，会玩儿，有自己的小追求。

在20世纪90年代，可能家长会建议子女选择公务员、银行职员和土木工程师之类的职业。近些年，家长会鼓励孩子去读国际贸易、金融和计算机等专业。那么在2040年，选择产品经理、导演、旅游设计师之类的人文和科技交融的职业才是大趋势。

第二，从规划到创造。讲一个著名的案例。1953年，哈佛大学曾经做过一个关于目标对人生影响力的调查，其中27%的人没有目标，60%的人目标模糊，10%的人目标清晰但比较短暂，3%的人目标清晰且长远。25年后，有长远目标的人中成功者居多，而没有目标的人大多生活得不尽如人意。后来经过调查证实，这完全是一个编造的故事。为什么这样的故事流传甚广？因为它符合我们的判断，我们总是希望未来被计划、规划、设定，父母希望孩子能够很早就规划好自己的未来。

在我看来，对孩子最大的伤害莫过于，在每一次需要做重大决定时，不让他参与。小学不让他做主，大学不让他择校，媳妇不让他挑，房子不让他选，工作帮他找好……于是到他35岁那年，真正面临职业变化的时刻，你什么都不懂，而他一次都没有做过选择。所以在今天，一个真正比较恰当的人生态度是，适应比规划更重要。我们鼓励孩子制订一个3年到5年的计划就足够了，他需要具备的是极强的跨界整合能力，保持好奇心，拥抱变化，在恰当的时候可以从事自己喜欢的事业。

第三个趋势是，一定要让你的孩子拥有感受幸福的能力。再讲一个真实的故事。我有一个朋友，有一天，他在一家小吃店吃饭，进来一个拎着小提琴的中年人，后边跟着一个小姑娘。小姑娘看上去很不开心，原来她没有通过小提琴三级考试。中年人对小姑娘说："爸爸让你学琴，不是为了让你过级。爸爸就是希望，如果有一天爸爸不在你身边，当你觉得不开心时，你可以给自己拉一曲，当熟悉的音乐环绕着你时，就好像爸爸在你身边一样。"我那位朋友听完很不争气地哭了。所以我想，让自己幸福的能力也是极其重要的。

对未来怀有信念

最后我要讲一个对我来说很重要的故事，这个故事的主人公是爱因斯坦。20 世纪 60 年代，有一个普林斯顿大学的校报记者去采访爱因斯坦。作为物理学专业的学生，他面对爱因斯坦时，迫不及待地问："您觉得什么是这个时代最重要的科学问题?"爱因斯坦沉默片刻后回答："如果真有最重要的科学问题，我想就是这个世界是善良的还是邪恶的。"这个年轻人说："爱因斯坦先生，这难道不是一个宗教问题吗?"爱因斯坦说："不是。因为如果一个科学家相信这个世界是邪恶的，他将终其一生去发明武器、创造壁垒；但如果一个科学家相信这个世界是善良的，他就会终其一生去发明联系，创造链接。"这篇报道登出来后影响了很多人。

在职业生涯的选择方面，如果有什么最重要的问题，我觉得不是技术，也不是未来需要什么能力，更不是需要掌握什么方法，而是你对未来怀有怎样的信念。如果家长、老师相信未来是光明的，就会教孩子去探索，去创造，去尝试，去体验；如果家长和老师相信未来是灰暗的，就会教孩子保护自己，死记硬背，熬过考试，找一份安稳的工作，做一个老实又平庸的人。所以，我在写给自己一岁女儿的信上说："亲爱的弯弯，希望你活得认真，活得精彩，跟自己比，希望你过上我从未了解，也未曾见过的生活。"

（摘自《读者》2016 年第 4 期）

“判断一个人是否优秀，不要看他上没上过哈佛或斯坦福。”作为第一个登上美国《福布斯》杂志封面的中国企业家，马云不但没留过学，还经历过两次高考失败。

随着留学人数的增加和就业形势的日益严峻，中国海归的优势正逐渐减弱甚至消失。然而，对教育极度重视的中国父母，仍然执着地希望将子女送往海外留学，甚至于不计代价。

海归拿高薪的时代一去不返

2014 年 7 月即将踏出校门的准毕业生李妍，从英国伦敦政治经济学院回到北京，开始找工作，却意外地发现，外国大学的文凭没有想象中好用。

“我不在乎赚多少钱，但必须能解决户口问题。”这个 25 岁的女孩坚定地告诉笔者，“如果没有户口，我宁愿离开这座城市。”

北京的户口政策对留学生有所倾斜，但在艰难程度堪比千军万马过独木桥的应届生就业市场上，这样的要求并不算低。为此，李妍先后参加了国家公务员考试、北京市公务员考试和一些事业单位招考，至今仍在焦急地等待结果。

25 岁的薇薇安·于在美国拿到了传媒硕士的学位，两年时间里，她的父母为此花了 15 万美元。她在美国和中国的好几个地方投了简历，但都没成功。“我最终靠家里的关系，在一个美籍华人开的公司得到了实习机会，但总是感到不舒服。”她说，“我想放弃，但不相信自己还能找到另一份工作。”

北京男孩杰瑞·杨在英国拿到硕士学位后，又在美国继续攻读了 MBA，但目前的月收入只有 1800 美元左右。“在美国时，我并没有泡图书馆，而是在研究当地的房地产市场。我用父母的钱在曼哈顿买了一套小公寓，现在我靠这份租金生活。”他说，“我后悔没有省下留学的钱，多投资几处房产，因为学位没法帮助我找到如此高回报的工作。”

求职网站“前程无忧”的首席人力资源专家珍妮弗·冯说，持有海外或本地的大学学位，找工作的起点和薪水“没有很大区别”。海归一定能拿到高薪的时代，已一去不复返。如今的留学生，有很大一部分只能算是平均水平的中国学生，甚至有些是未能进入中国大学、低于平均水平的学生。同样，他们上的外国大学也可能并不是一流的。

在海外学习英语也变得不再那么重要。招聘人员表示，从本地接受英语教育的毕业生中，完全可以找到满足要求的员工。

作为中国第二大富豪宗庆后唯一的女儿和继承人，娃哈哈集团的“公主”宗馥莉曾在海外接受高等教育。但《金融时报》称，宗庆后在新闻发布会上公开表示，30 多岁的女儿“既不了解中国企业的现状，也不了解国际形势”。

有钱没钱，都要送子女出国留学

自上了外国语高中以来，去美国留学，便是埃琳娜·高一直以来的愿望。但直到在国内取得硕士学位，这个27岁的河南女孩才如愿以偿地拿到了心仪美国大学的录取通知书。

美国高昂的学费和生活费，是埃琳娜迟迟未能踏出国门的最大障碍。虽然她家境尚可，但她并不希望父母为自己付出太多，能拿到较高的奖学金是她出国留学的前提。

对于25岁的高薇（音）而言，上墨尔本大学本不是她的第一选择，但她没能考入中国的顶尖大学。4年下来，她在墨尔本的生活开销达到100万元人民币，但对于她在南京经商的父母而言，这点钱“没什么大不了”。“那不是我的钱，所以我对所谓的投资回报没什么概念，但我有4年的美好回忆。”她告诉《金融时报》的记者。

在中国，埃琳娜和高薇的选择并不鲜见。随着中等收入家庭力量的日益壮大，无论有钱没钱，中国父母都越来越希望送子女出国留学。

据美国《国际商业时报》报道，中国90%资产超过1亿元人民币的富人计划将孩子送到国外，而拥有100万美元以上的父母中，有85%愿意送孩子出国接受教育。2013年底，在世界各地留学的中国学生人数为45万；到2014年，送孩子出国留学的中国家庭将达到50万个。

《金融时报》称，过去10年里，中国留学生数量增加了3倍多，而且还在继续增加，来自中下层家庭的留学生数量增长尤为明显。据中国社会科学院的一份报告称，2009年底，出身自中下层家庭的留学生仅占总数的2%，但到2010年底，这一比例已上升至34%。

美国的高等教育是中国父母的首选，英国和澳大利亚紧随其后。中国父母非常重视孩子的“全面发展”和“素质教育”。“无法培养批判性思维”

的中国教育，则因“过于死板机械和过分强调死记硬背”而备受责难。

希望“创收”的外国大学，也越来越依赖来自中国学生的费用。美国教育情报中心发布报告称，中国的中等收入家庭已成为最大的教育资本来源，家庭年收入在30万元左右的父母，希望花三四年的收入，为孩子“买”来外国大学的学位。近40%的中国家庭相信，花20%~50%的积蓄让孩子出国留学是值得的。

留学海外仍是不错的选择

为了供26岁的顾慧妮（音）在美国哥伦比亚大学攻读新闻学硕士学位，父母花了50万元。“我去美国的费用高得就像每天都住在四星级或五星级酒店里。”这个年轻的女孩用流利的英语告诉《金融时报》的记者。毕业后，顾慧妮加入了一家教育咨询公司，希望“帮助别的家庭避免类似的错误”。

28岁的桑德拉·尤知道自己的家庭无法负担她在国外上本科的费用，因此她在中国上大学，然后花一年时间去约克大学读公共经济学硕士学位。那一年她花了26万元，而她在中国股票公司就职的起薪是22万元。

埃琳娜暂时不用发愁找工作的事，她离博士毕业还有四五年时间，更何况，父母早已在她就读的明尼苏达州买下了一栋房子，她希望能留在那个国家。“独门独院的两层大房子，只花了100多万元人民币，而且是完全属于个人的产权。在北京，这样的价格简直难以想象。”与许多送孩子留学海外的中国家庭一样，钱不是埃琳娜家最大的问题，但作为独生子女，她不知道该如何处理父母养老的问题。“如果将来父母不愿意来美国，也许我会选择回国。”说到这里，她有些困惑。

中国第一批留学生之一的夏颖琦（音）现在在北京的政府部门工作，负责引进高素质海归人才。“留学不仅仅与工资和工作有关。生活在国外，整个国家都是你的大学。”他告诉《金融时报》的记者，“我认为这是个不错的选择。”

（摘自《读者》2014年第6期）

微信症候群

王　一

《新周刊》杂志曾在 2007 年 9 月刊载文章《信息过剩时代的“不知情权”》，详尽阐述了信息泛滥对人类生活的诸多不利影响，并引用诺贝尔文学奖得主索尔仁尼琴在 1978 年给出的预言：除了知情权以外，人也应该拥有不知情权，后者的价值要大得多……过度的信息对于一个过着充实生活的人来说，是一种不必要的负担。今天，媒介和信息流的发达程度较以往更甚，人类已经全面进入移动互联网生活新时代，智能手机成为人们最重要的生活伴侣之一，而无处不在、日新月异的社交新媒体，正在全方位席卷并改变人类的生活和思考方式。

从依赖到焦虑

公务员李俊大部分时间都沉浸在微信的虚拟世界里。他每天醒来的第一件事，就是躺在床上看微信。开车上班，堵车时刷朋友圈，等红绿灯时也盯着手机看，分秒必争。白天，李俊几乎把所有碎片化的时间都用在了微信上；晚上，还有一堆微信公众号等着他过目。他主动在群里发起话题、引导讨论，以维护微信群的活跃度；他翻看认识的、不认识的人发来的看不完的微信消息，迎来送往……“每天的工作从起床后处理‘群消息’开始。”这是微信团队《微信生活白皮书》中描述的一个典型微信用户的行为习惯。李俊说：“我每隔一段时间就要拿起手机看看，生怕错过了群里的消息。以前半个小时看一次，现在几分钟就看一下，连去卫生间不带手机都觉得少了点什么，感觉自己患上了微信依赖症。”清华大学社会学系教授罗家德认为，人们的社交圈是一个包括内核圈、外层圈的分层结构，内核圈是由强关系组成的紧密圈，外层圈是体现弱关系的一般圈。对微信群来说，因为不见面、不认识的人也能形成群，这就可能使外层圈的交流冲淡了内核圈的交流，“人与人之间的联系看似多了，关系却变淡了”。在微信上加了几十个群，通信录名单上有几百人，每天要花数小时看完更新的朋友圈状态，甚至有人说：“一个小时不看微信，感觉像错过了几个世纪。”但70后企业主管黄女士的看法也代表了一部分人的观点：“每天花很多时间刷微信，感觉学了不少知识，可回想起来，根本没记住几条真正有用的。”花费了大量时间和精力，得到的却都是碎片化信息，不少人因此产生了焦虑感。从现实角度来说，花越多的时间看朋友圈，在现实生活中做事情的时间就越少，与家人、朋友真正面对面交流的时间也会被大幅度压缩。“我注意到，有一些基本不刷朋友圈的人，他们往往在生活中有某些兴趣爱好，并为此投入了较多精力。”中国医科大学附属第一医院精神医学科副主任医师吴枫表示，社交软件这么火爆，恰恰说明人们的心理需求满足度不够高，人们忙着赚钱、忙着生活，但内心渴望交流、渴望受关注等情感需求没有获得充分满足。

工作休息没了界限

2015 年 5 月，白领胡宗方供职的一家设计公司发布了一则令人哭笑不得的通知，要求每位员工在一个月内，发动家人朋友关注公司微信公众号，每人最少“发展”30 人，上不封顶，各部门的完成情况要计入季度考核指标。“我们的业务专业性非常强，我拉了七大姑八大姨关注，其实她们压根看不懂，也不感兴趣。”胡宗方说，他只能告诉亲朋好友：“只要坚持到我考核结束，然后取消关注就好了。”“不仅要关注公众号，有时还要为领导的讲话赚阅读量。”胡宗方的同事小露说，公司领导在朋友圈转发一条微信，配上文字“这是某集团领导的讲话，请大家认真学习”，之后，几乎所有职员都会立即转发，“其实我们都没看完，但是都转了，就是告诉领导‘我看了’。”“这是我的生活圈，凭什么领导可以强制考核、强迫转发，有依据吗?”胡宗方不解。

排着队去“点赞”

下级能成为上级的微信好友，似乎也成了一种新的官场肯定。上海市某机关公务员李丽注意到，官员们的微信朋友圈里，“点赞的同级间居多。上级如果给下属点赞，就相当于口头表扬了”。如果是领导转发的，下属都默默点赞。甚至，有些单位领导分了派系，会根据“给谁点了赞”来判断他们有没有“站对队伍”。吴宇萱供职于一家房地产公司，她所在的企业里，“给谁点赞，就是站哪一边。要是给‘对立’的领导点赞，那就是站错队了，以后日子会很难过”。

朋友圈还有一条“潜规则”——“晒”加班。用吴宇萱的话说，朋友圈的一大功能是，“加班一定要让领导看见，显得自己很努力”。这似乎是一条通行的“秘诀”。为了让加班更可信，不少人甚至总结出专门的“朋友圈晒加班秘籍”，例如“旁敲侧击法”：“下班回家的路上看手机，才发现了老婆的未接来电。老婆，对不起，刚刚加班没听到电话。”还有“草船借箭法”：不一定直接晒自己在加班，可以晒晒一起加班的同事，配图的文字里，一定要写上正在吃苦耐劳的也包括自己。这样，既让加班的同事们更喜欢这条朋友圈内容，也能巧妙透露出自己也在加班的事实。就这样，有领导在的朋友圈，被演变成了施展“宫心计”的圈子。

新的人情负担

“稍等一下再开始，行吗？我们校长的孩子参加艺术比赛，我先帮他的孩子投个票。”在接受记者采访时，高中老师赵蕊来了这样一个开场白。为了拉票，十几年没见的老同学、八竿子打不着的远房亲戚，都成了“推送对象”，各种由母婴类产品冠名的“萌宝”评选像病毒般传播，而实际上大多是品牌的营销活动。可是，你能不投吗？在中国的人情社会，“你给我面子投了票，下次我帮你投回去”，投票成了朋友圈的人情新负担。除了投票，越来越多的品牌在营销时还会使用“朋友圈砍价”的招数，宣称只要朋友够多，不花一分钱，就能轻松把价值几千元的东西搬回家。赵蕊最近就在朋友圈转发了一个“集赞打折”的活动，“和好多人说好话，最终也就砍下来几十元，花了那么多时间，还欠了别人的人情，真不划算”。上海泛洋律师事务所律师刘春泉认为，这类活动其实是一种新衍生出的“病毒式营销”，利用的是朋友圈“磨不开面子”的人情交际。不少帖子里都附带着商品、品牌或公众号的广告链接，只需要分享出去，就可以利用身边的人进行二次传播，用户相当于在收益很小的情况下帮厂家做了宣传。

随着微信群商业化的发展，群营销中也出现了不少坑蒙拐骗的案例。在一些微信群里，不时有人发来某某产品的促销信息、某某产品的使用报告等，这有可能就是销售陷阱。大学生张媛说：“我曾经在一个都是熟人的群里买过瘦腿袜，号称‘德国制造’，每双 298 元，还必须两双起订，群主说亲自试穿效果特好。我当时觉得熟人推荐的会比较靠谱，结果买来后穿了一天就脱丝了。”

家长群的“江湖恩怨”

从幼儿园到中小学，几乎每个班级都建立了用于沟通的家长微信群，老师发通知、留作业等都变得方便快捷了，家长也可以第一时间了解孩子在校的情况。不过，任何事情都有两面性，家长微信群也一样。就像人们常说的那样：有人的地方就有江湖。家长微信群就是一个江湖，看似一团和气，实际上暗流涌动。刚刚过去的这个周末，一位北京的妈妈吴倩认为自己过得“惊心动魄”。周六下午陪女儿上钢琴课时，吴倩关了手机，下课后一开机，女儿所在班级的家长微信群里，未读信息像潮水一样涌了出来。原来，就在这段时间里，班主任老师通过微信群安排了任务，向家长们征集“推广普通话活动”的口号。吴倩看到时，群里的家长已经争先恐后贡献了上百条口号，有的家长一个人就写了七八条。看到这些，吴倩一下子慌了，急急忙忙给几位大学同学打电话，让大家一起帮她想口号。终于，吴倩从同学们“友情赞助”的口号中选出了 3 条上交。直到看到还有几位家长在她后面交口号，她才松了口气。吴倩所谓的“惊心动魄”，在很多人看来有点小题大做，但身为家长的人，基本都能理解吴倩的焦虑。为了孩子，家长们不但把老师的话当“圣旨”，争先恐后地完成老师布置的任务，而且还纷纷利用各种机会讨好老师，有时候甚至不惜谄媚、拍马屁。李君如的女儿是学校管弦乐团的成员。一天，管弦乐团的老师在微信群中发了一张图片，是一罐杭白菊，并感谢了送杭白菊的家长。结果，第二天就有家长送去了胖大海，第三天就有家长送去了亲自熬的银耳汤，最后，整个乐团的孩子都没有喝完这些汤。

“虽然我也觉得家长们有点过分了，不过，这就是家长在替孩子向老师争宠，谁也不想落后。”李君如说。更让家长们普遍感觉不好的是，有的家长喜欢实施“经济绑架”。比如说，学校要开运动会，立刻有家长在微信群里提议：“我们凑钱给全班孩子买饮料吧。”很快，群里其他几名家长也纷纷表示，“我们凑钱买帽子吧”“凑钱买面包”……在家长微信群里，老师是众星捧月般的存在，按理说，老师的感觉应该不错，但事实并非如此。“家长微信群，我是能不进就不进。”上海某中学教英语的郭老师说。对于家长们在群里发的感激、恭维之语，郭老师看得很清楚：“不少都是虚的，我知道有些并不是家长的真心话。”的确，一个班如果有 40 名学生，学生父母一般至少一人在群里，那么，一位老师要同时面对几十位家长，要一一回复这么多人的问题、问候，想想就累。因此，很多老师开始逃离微信群，有的学校甚至明令禁止老师进入家长微信群。“我们总觉得用微信节省了时间，但其实要花更多的时间在无用的周旋上，比如回应家长的‘感谢’等等。此外，用微信也没办法把话‘说透’，所以我现在更喜欢用电话或者面对面交谈的方式。”郭老师说。问题绝不仅仅来自微信这个沟通平台，未来必然会有更加便捷的平台出现，但如果家长和老师之间不能建立起良好的信任关系的话，今天在微信群中出现的“江湖恩怨”，明天还会延续。

（摘自《读者》2016 年第 7 期）

微信朋友圈里的“黑”与“逃”

冯雪梅

有个性格古怪的人宣称他永远也不会用微信，理由是怕朋友圈里那些莫名其妙的人。我不知道这样的决绝者有多少，只知道有些人会时不时清理微信朋友圈里的好友。

才子大叔前些日子以“我不是你们好友”的方式，委婉地表达了自己要“清理门户”的意愿，原则是“不认识的人不加，见过一面只是工作关系的不加……想不起来是谁的删掉，昵称搞一堆花花草草的删掉，对我屏蔽他（她）朋友圈的删掉”。

你只是微信上的一个小红点

谁的朋友圈里都会有些半生不熟的面孔，有一些很少发言，甚至只围观不说话的群。当然，也有一些亲密的私信，几个趣味相投的群聊，以及必须时刻关注的工作群。

作为一种社交工具，微信号从来都不是孤立的存在，每个人的朋友圈都或多或少与他人有着关联。按照著名的人际交往理论，只要通过6个人，你就能找到任何一个你想找的人，那么，通过6个人的朋友圈，你会发现什么？

在朋友圈这个编织细密的关系网里，你是一个可以被忽视却又无法逃脱的小红点，它以不断闪烁的方式，显示自己的存在。你是主动的，也是被动的，一旦创建微信号，就进入了这个令人纠结的圈子。我不知道是否真的有人有勇气和毅力拒不接受别人要求加为好友的邀请，对大多数人而言，拒绝你所认识的人，总有些惴惴不安。因为很少有人不去主动邀请别人，而当自己的邀请得不到回应时，心里不免猜想：他（她）为什么不理我？

当然，也有更为“机灵”的办法，不拒绝别人的邀请，却给对方设置权限。同学聚会时聊天，李小白就发现自己被人拉“黑”了。不是真正的拉黑，只是他看不到对方的朋友圈。当大家聊到当年的班花，说她最近正在欧洲旅行，一路晒恩爱照时，李小白不合时宜地问：“你们从哪儿看到的？”有人坏笑着看了他一眼，说：“你的朋友圈里居然没有你的前‘女神’吗？”“有啊，可我没看到啊！”话一出口，李小白就后悔了。

你是我的“好友”，但你看不到，也进入不了我的朋友圈；我可以和你聊天，说我想说的话，但我以“设限”的方式，屏蔽了我的更多信息。相比于果断“拉黑”，这是一种留有余地的客气拒绝，有些人并不知情，有些人心知肚明；有些人为此恼怒，有些人淡然接受。若说完全没有芥蒂，有些自欺；若真为此大动干戈，倒显得没有心胸。

据说，朋友圈里，遭遇屏蔽最多的是两类人：领导和父母。这实际上是人际交往必不可少的两个层面：工作和亲友。既然有那么多的工作群，你的领导，哪怕只是小小的部门领导要求加你为好友，你多半不能拒绝。通过认证的同时，难免惴惴不安，除非你在朋友圈里只谈工作不谈生活，不然，偶尔的那些小牢骚、小心思、小动作、小谎言——比如逃班看电影之类，岂不都暴露在上司的眼前？想要保留一点儿隐私，只能将他们“请”出朋友圈。这种屏蔽，有着某种意义上的相互体谅和心照不宣，如若碰上某个不识趣的上司，问一句“怎么从来不见你在朋友圈里说话”，便足够考验你的应变力和智商了。

父母就更不必多说了。上一代人藏日记、藏小纸条、藏情书的游戏，如今演变成朋友圈里的“躲猫猫”。父母被“拉黑”的感受肯定不好，你又很难去跟他们解释清楚，亲情面前，大道理往往不管用。其实，对子女干涉越多、越关注子女朋友圈的父母，往往越容易遭遇屏蔽。貌似开放的朋友圈，频频上演着限制与反限制的家庭悲喜剧。

退不退群，这是个问题

可能在任何“群”里，都有你不喜欢或者想回避的人，有志趣相异甚至意见不合者。尽管你或许并不与他们存在真实的交集，可当微信成为生活中必不可少的一部分时，你依然会认为“道不同不相为谋”。

最为激烈的表达不认同的方式，是退群。我不知道微信的设计者们出于怎样的考虑，总之，退群这事儿不可能“悄悄”完成，你一旦走人，系统会自动昭告天下。可能有些时候，你莫名其妙被拉进了一个群，对群里讨论的话题也不感兴趣，但你要退出，依然需要勇气。

当然，每个群里都有毫不犹豫的“果敢”者，而每一起退群事件，也都或大或小成为群内的一个新话题，七嘴八舌分析议论一番之后，某个退群者的好友，将担负起把退群者重新拉回的重任。这种退出有时候会变成一种心理游戏，以展示人缘乃至人品的好坏。你退群了，没人拉你回来，你的人缘是不是太差？别人不停地拉你回来，你一直拒绝，是不是人品有问题？

很多人会采取“沉默”退出的方式。不是真的退群，而是在一个群里，形同不存在。留有一点儿兴趣的，可以继续围观；完全没有兴趣的，看都不会看。只将微信群的“新消息通知”关闭，它的存在就只是你的微信上一个静默的小红点，至于别人说了什么，都无关紧要。

还有些人不甘沉默，习惯于微信上的喋喋不休，愿意争论辩驳，针锋相对。对他们而言，说什么，或者争什么，并没那么重要，他们需要的只是一个表达的空间，至于“听众”是否在听，是否听得懂，并不重要。幸好微信有网页版，不然的话，长篇大论地在手机上输入或手写，不累死人才怪。

遗憾的是，只要群里人一多，如此的滔滔不绝总不免被各种打岔、八卦、转发、不明就里、心血来潮所遮蔽。如果有人真想知道某个话题的由来，往往得跳入各种毫无关联的信息中，往回倒腾几百条留言，才能理出线索。这样一种考验耐心和体力的“指尖”工程，估计没有多少人喜欢。所以，指望以群里的交流辩论解决分歧，实在是一厢情愿。

微信上的逃离方式——决绝退出还是沉默不语，微信上的言说方式——咄咄逼人还是点到为止，展示着一个人的个性：棱角分明，还是谦和温婉；性情急躁，还是淡定沉静；心直口快，还是世故圆通。相识的人，可以在微信上验证你对他（她）的了解；不相识的人，通过微信你也可以在心里勾勒出对方的大致轮廓。

“摇一摇”改变了相隔的时空

不管你是否承认，朋友圈确实改变了我们的交往方式。有个段子说，有人新买了手机打算下载盗版软件“越狱”，可不知道怎么说，憋了半天爆出了一句：“我要出轨！”老板愣了几秒，给他装了个微信。因为这个新的社交工具，我们找到了儿时的朋友、旧日的恋人；我们结交了新的好友，开始了新的邂逅和爱情。很多时候，不是真的爱情，只是相互的好感、彼此的欣赏和尊重。

微信给我们提供了社交的无限可能，也带来了麻烦和侵扰。比如，聚会中并不熟悉的人，要求“扫一扫”加你为好友；你在朋友圈的表达让某个人产生了误解；以前可能擦肩而过相忘于江湖，却因为“摇一摇”而改变了相隔的时空。尽管在朋友圈里，我们都有所隐藏和遮掩，可一不小心，就将真性情暴露无遗。

科技让我们拥有越来越多的自由，也让我们越来越不自由。固执者为了不被打扰，坚定地拒绝了微信，才子大叔客气地说：“我会继续拒绝莫名其妙的好友添加请求，我不是你们的朋友，请原谅。”在不断被清理的朋友圈中，有时候，拒绝是一种美好，无视是最深刻的遗忘。

（摘自《中国青年报》2014 年 9 月 2 日）

虚拟购物

张　慧

虚拟购物袭来

这是一间窗明几净、摆设考究的单身公寓，空气中飘浮着许多钻石形状的符号。如果你专注地盯着某个符号，它就会自动展开，显示旁边商品的详细信息。如果消费者遇到心仪的单品，只需目不转睛地看着它，并敲击头上VR（Virtual Reality，即虚拟现实）头盔的侧边，眼前就会出现“加入购物车”的选项。

上文描述的VR购物体验表明，人们足不出户，便可到商店完成采购或到新开的商场购物。

VR技术甫一问世，就引起了广泛关注。最初，电子游戏和电影行业对这种将人“传送到另一个世界”的技术感兴趣。而近期零售行业的一系列动作显示，VR 技术还有更加广阔的应用空间，并将改变我们的生活。

VR 制作公司 Visualise 的亨利·斯图尔特认为，VR 技术势必给消费者带来个性化的购物体验。他表示，只要消费者戴上 VR 头盔，就能看到为他们量身打造的虚拟现实商店和琳琅满目的商品。他们可以试穿衣服，还能和朋友们进行讨论。“在虚拟现实中，购物是私人订制的，”他说，“展示的商品都是你感兴趣的。你可以在虚拟环境下感受它们，也可以在下单之前和这些商品互动。”

社交功能是 VR 购物想要突出的重点。斯图尔特表示，购物者可以通过线上交谈，让朋友们对自己想买的商品提出意见和建议，甚至可以让他们一同到虚拟世界中试穿衣服。

VR 让你买买买

VR 技术的确会让消费者的购买行为更疯狂。全球购物运营商 Westfield 近期公布的报告称，消费者希望商家在购物体验中融入新技术的意愿不断增强。41%的受访者对 VR 购物兴趣盎然；超过 33%的消费者表示，希望网络购物除了视觉和听觉外，增加触觉、嗅觉和味觉体验。换句话说，消费者希望网络购物能带来在实体商店购物的感觉。

想象一下，一个和你身材比例一模一样的虚拟模特，走在无尽的货架中间，货架上都是你心爱的商品，只要一伸手就能把它们拿在手中，感受真实的质感。

你随意选择一双鞋，鞋的价格、描述和相关数据就出现在眼前。你只需点击左键就能更换鞋子的颜色，点击右键则可以将它添加到购物车。另外还有视频播放的选项，只要点击就可以观看这双鞋的生产和加工过程。把鞋拖到模特面前，那个虚拟的你就会换上鞋子，展示效果，并告诉你是否合脚。

Sixense 已向很多大型零售公司展示了该 VR 技术的小样，并吸引了很多公司的关注。这些零售商感到，VR 技术的应用能有效降低退货率。如今，Sixense 已经开始与部分零售商洽谈合作的细节，希望在 2016 年内推出相关的 App。

咫尺之遥的 VR 购物

到目前为止，VR 购物实践仍然是小规模试验性的。Sapient Nitro 的项目经理马特·李维斯表示，想要推广 VR，第一步是引导消费者在店内使用这项技术。

一些商家已经开始使用 VR 技术推广和销售自己的产品。不久前，微软和沃尔沃联手创建了一个 VR 汽车展厅，当然，展厅里没有一辆真正的车。

美国劳氏公司是使用 VR 购物的先驱。这家家居建材零售公司在 Marxent 实验室的帮助下推出了一款 App，让消费者可以在虚拟现实中用劳氏公司的产品装修他们的厨房和卫生间。

平面设计结束后，消费者戴上 VR 头盔，一切就变得真实立体起来。到目前为止，劳氏公司发现，消费者对这个有趣的设计过程津津乐道，通过虚拟现实看到实物，让消费者更容易下决心掏钱。

瑞典零售巨头宜家也迈入了虚拟现实的世界。宜家澳大利亚公司最近推出了“VR 厨房”。与劳氏公司不同的是，宜家多走了一步。消费者不仅可以在 VR 环境中看到自己设计的厨房，随时更换家具的颜色，还能将自己缩小到孩子的身高，以便从孩子的角度考察厨房是否安全。

虚拟与现实的界限日益模糊

VR 购物被认为是弥合传统购物和线上购物的有效方式，前者受制于时间和地点及商品的有限，后者受制于商品的真实性和适用程度。两者的结合可能为两种购物模式都带来商机，也可能开创全新的购物天地。

VR 技术普遍应用的影响，被商家、消费者和分析人士上升到了哲学的高度。

Westfield 欧洲首席营销官麦福·瑞安表示：“客户对虚拟辅助手段的需求并不是为了逃离现实，而是为了让购物的环境和商品更加真实。”

美国《连线》杂志则认为，VR 时代已经到来，而且 VR 只停留在虚拟世界的时间不会太长。很快，真实与虚拟之间的界限就会对消费者的认知提出考验，因为虚拟世界将会显得比真实的世界更加真实。

VR 技术也开始在教育、医疗、运动、娱乐等各个领域寻求市场。可以想象，不久的将来，孩子可以通过 VR 技术到学校上课；欣赏电影和演唱会只需买票，就可以在自家的客厅里完成；召集三五闺密一起到虚拟世界的商城逛街，足不出户就能满足购物需求。衣服也会越来越便宜——多数人只需花 1%的价钱，就可以给虚拟的自己买到虚拟的华服，除非你坚持真实的自己也要有同样的行头，才需要支付全额货款。

但是，随着走出家门的理由越来越少，漂亮的衣服穿给谁看呢？早晚有一天，人们穿着睡衣坐在电脑前购物，只是为了打扮虚拟世界里人人都能看到的自己。这一天似乎并不遥远。

（摘自《读者》2016 年第 15 期）

互联网征信时代来了

于靖园

“等这一天很久了，终于可以办签证了。”

2015 年 7 月 13 日，上海白领周婷发了一条朋友圈消息，图上是一个绿色醒目的分数：766 分。

这是支付宝客户端里芝麻信用服务所提供的分数，在分数的旁边，写着“信用极好”。很多人不知道，仅仅是这个数字，就可以让周婷轻松申请到“申根”签证。芝麻信用分在 750 分以上的用户可申请卢森堡签证。卢森堡是欧洲 26 个“申根”国家之一，持该国签证，可在包括芬兰、法国、德国和意大利在内的 26 个“申根”国家通行。

征信是信用体系的基础

选择服务商，进行芝麻信用验证，填写签证申请单等资料，在线支付签证费，就可以送签，等待电子签证出签。而用户的芝麻信用分高于700分就可申请新加坡签证，无须提供在职证明、个人信息表、户口本、身份证复印件等资料，流程大大简化。

这个具有“神效”的芝麻信用分来自蚂蚁金服2015年年初推出的信用服务——芝麻信用，支付宝用户可以开通自己的芝麻信用功能。芝麻信用分综合考虑了个人用户的信用历史、行为偏好、履约能力、身份特质、人脉关系五个维度的信息。

未来，当用户的芝麻信用分达到一定数值，租车、住酒店时将有望不交押金，网购时可以先试后买，办理签证时不用再办存款证明，等等。

2015中国信用小康指数表明，65.9%的受访者对征信一知半解，而非常了解的只有1.7%。平时只有27.3%的人非常关注个人征信记录。

“征信，顾名思义，就是征集信用。”商务部研究院信用与电子商务研究所所长韩家平说。对于征信，详细的解释，就是授信机构（金融机构、商家）自身或委托第三方征信机构对客户的信用进行调查验证，形成信用报告，应用于信用决策。征信的出发点是为了规避交易风险。

“对于老百姓来讲，征信主要意味着个人征信，去银行申请信用卡、办理车贷或房贷、求职、投保都与个人征信有直接关系。”韩家平表示，现在中国的经济形态，信用已经占了主导地位，现金交易比例越来越低。如果没有征信支撑的话，交易的风险就非常大。“征信是信用体系的基础。”韩家平说。

2015年1月，中国人民银行印发《关于做好个人征信业务准备工作的通知》，要求芝麻信用、腾讯征信等八家机构做好个人征信业务的准备工作，准备时间为六个月。

这八家机构各具特色，分属四大类：一是互联网巨头，二是保险公司，三是老牌征信公司，四是拥有数据资源的新兴公司。其中，拉卡拉征信积累了十年银行跨行转账记录，中诚信征信已布局医疗、保险、学生创业，芝麻征信覆盖生活化应用场景，腾讯征信前期看重金融场景，前海征信主打借贷业务。

互联网时代，信用即财富

“用快的打车、滴滴打车预订出租车，如果连续取消很多订单或出现违约记录，未来可能被计入个人征信记录中。”蚂蚁金服信用业务相关负责人说，“基于购物信息、支付习惯、黑名单信息等大数据，如果哪一天支付宝钱包给你的信用打了一个分数，请不要觉得奇怪。”

而对于腾讯公司而言，如果用户在朋友圈卖假货、利用微信诈骗等，这些信息未来也可能被计入个人征信记录中，尤其是盗取 QQ 号或微信号进行诈骗，或者微信公众号被举报等，都可能会影响个人的信用分。

2015 年 7 月 18 日，中国人民银行等十部委联合印发了《关于促进互联网金融健康发展的指导意见》，指出要推动信用基础设施建设，培育互联网金融配套服务体系，支持大数据存储、网络与信息安全维护等技术领域基础设施建设。

毫无疑问，互联网征信离我们越来越近。

继 1999 年上海开始个人征信试点的 15 年后，个人征信终于迎来了新时代。

伴随现代生活日益互联网化，单纯的信用卡使用情况、电信缴费情况，已不足以反映一个人的信用程度。尤其是随着移动支付的发展，各种应用场景的产生都可能和个人的信用挂上钩，也可能因此催生更多的应用场景。

很多大学生是不能办信用卡的，但这些人可能很早就在网上购物了，进入大学时甚至已经成为资深支付宝用户了。尽管在银行端没有他们的信用记录，但他们在互联网上留下的足迹和行为数据，已经可以为其信用打分。

互联网时代，信用即财富。在当前的互联网服务中，有许多场景基于信用服务，比如免押金的租车服务和酒店服务，先试后买的后付款服务，签证的各种证明等服务。

“征信行业是很传统的行业，有几百年历史。这个行业最初就是委托调查的模式，到了互联网时代后，互联网跟征信结合，产生了互联网征信。”韩家平说道。对大数据的分析和信息自动化的采集，是互联网征信企业的最大特点。

在2015中国信用小康指数的调查里，有高达84.9%的受访者认为互联网征信能真实体现一个人的信用水平。很多人，比如部分自由职业者、蓝领、个体工商户、学生等，没有信用记录，金融机构担心风险，不敢授信。随着互联网金融的高速发展，个人征信体系的建设变得更加迫切。

大数据分析面临的相应挑战

其实，在征信领域发展相当成熟的美国，互联网与传统征信的结合也迫在眉睫。

“在美国，对于个人来说，信用等级通常等于FICO评分。由于美国三大信用局都使用FICO信用分，每一份信用报告上都附有FICO信用分，以至于FICO信用分成为信用分的代名词。”哥伦比亚大学经济学教授Moshe Adler说。影响FICO评分的主要因素是信用偿还历史，FICO评分的范围从300分到850分，得分越高则意味着违约风险越低。2014年有一半的美国人得分高于712分。

但是，2007年的次贷危机问题反映了信用评分是一个很差的违约预测系统。那些FICO评分高于700分的借款人，在2007年的违约率是2005年的4倍，几乎与2005年得到最差FICO分数的借款人违约率一样。

依靠信用评分进行评价真的比依靠客户表现来进行评价可靠吗？拥有更好的信用报告就意味着他是更好的员工吗？这依然有待考证。

由于传统的基于 FICO 评分的信用评估模型覆盖人群窄、信息维度单一、时间上滞后，所以，在大数据时代，无疑需要探索信用评估的新思路。

中国当前正在兴起的互联网征信企业也存在许多亟待解决的问题。腾讯公司助理总法律顾问王小夏指出，互联网征信业务的雷区是敏感的个人信息，而对个人信息的法律界定仍然有许多模糊的地方。

“独立性和真实客观性是互联网征信企业目前存在的两个问题。”2015 中国信用小康指数显示，40.4%的受访者认为，网络数据常常缺乏更深入的分析，这是大数据征信目前最大的缺陷。“大部分互联网征信企业既是数据的生产方，又是数据的应用方，是否能够保持中立，尚有待考证。”韩家平说，“比如阿里巴巴虽然掌握了很多的数据，但是它没有掌握在其平台之外的数据，因此这个数据是不完整的。”作为一家征信公司，应该有覆盖面很广的数据源，这样才能做出一个比较完整的信用报告。

（摘自《小康》2015 年 8 月上）

港珠澳大桥的“科技密码”

冯　华

一桥跨三地，唇齿两相依

从珠海景色最美的滨海道路——情侣路上向东远眺，全长 55 公里的港珠澳大桥宛若蛟龙，蜿蜒腾越于蔚蓝色的海面上。这是世界上最长的跨海桥梁工程，也是综合建设难度最大、最具挑战性的超级工程：在风大浪急的外海搭建使用寿命 120 年的钢铁巨桥、在海底 40 多米深处建造最长的沉管隧道、穿越 30 万吨级航道和白海豚保护区的施工现场……可以说，每一项挑战都前所未有。

“港珠澳大桥是一座名副其实的科技大桥，在这些世界级挑战的背后，是一系列创新攻坚和科技支撑的强力驱动。”港珠澳大桥管理局总工程师苏权科表示，自 2003 年前期筹备工作开始至今，以国家科技支撑计划项目研究为主线，200多家科研单位、上千名科技工作者围绕港珠澳大桥的建设，共开展科研专题研究300多项，终于托举起这座世界级工程。

目前，港珠澳大桥主体工程已全线贯通。记者实地探访了这座桥梁界的“珠穆朗玛峰”。

国家支撑，科技先行

港珠澳大桥集结了上千名科技工作者，开展科研专题研究300多项。

“大桥通车后，珠海、澳门同香港间的车程将由3小时缩短至半小时。这座桥将珠三角地区连成一片，形成港珠澳一小时经济生活圈!”站在双向六车道的港珠澳大桥珠海段入口处，苏权科自豪地告诉记者。

造桥架梁，一直是珠江两岸人民的梦想。但要跨越几十公里的南伶仃洋海域，谈何容易?

“世界上几个有名的跨海通道工程，如美国切萨皮克跨海工程，长度19.7公里、海上人工岛面积3.2万平方米、海底沉管隧道3.3公里；韩国巨济岛—釜山连岛大桥，长度8.2公里、没有建造人工岛、海底隧道3.7公里。我们的港珠澳大桥，跨海段长度有22.9公里，还要建设两个10万平方米的人工岛，海底隧道长度达5.9公里，难度可想而知。”苏权科介绍。

更何况，这还是在淤泥深厚、海洋腐蚀环境严峻的外海施工。自然条件复杂，对生态环保的要求更加严格。这片海域是国家一级保护动物中华白海豚的自然保护区，如何在施工过程中最大限度地减少对白海豚的干扰，是建设者面临的严峻挑战。

根据规划，项目要穿越30万吨级航道，同时毗邻香港国际机场。“大桥要满足30万吨级巨轮通行的需求就得建高，要满足附近机场航班降落的限高需求又得建矮。”苏权科说，经过综合考量，港珠澳大桥的最合理方案定为“桥、岛、隧交通集群工程”，即在这一航段沉入海底，搭建深埋沉管隧道，同时在隧道两侧建起人工岛。

“人工建岛和海底沉管隧道，当时对我们来说都是‘超级难题’。南伶仃洋是外海，环境敏感点众多，如果采用国外技术，要三年才能建成人工岛，一是工期太长，二是会对海域环境造成严重影响。而海底沉管隧道的关键技术一直掌握在少数发达国家手中，无论是技术引进还是合作，代价都非常高昂。何况有的技术还面临着国际封锁，花钱也买不来。”苏权科说。

从前期项目的可研阶段到开工建设，科技创新的理念贯穿始终。这个超级工程集结了我国在桥梁设计和施工、材料研发、工程装备乃至生态环保领域的上千名科技工作者，开展科研专题研究300多项，获得发明专利授权逾百项、发表论文逾500篇、创建工法逾40项。

自2010年起，国家科技支撑计划启动了“港珠澳大桥跨海集群工程建设关键技术研究与示范”项目，涉及大桥建设各项难点，以专业性、创新性、实用性的科技攻关支撑起港珠澳大桥的建设，啃下了一块块硬骨头，在关键技术、关键装备、关键材料领域取得全面突破，也为我国交通建设行业自主创新、技术进步起到了引领作用。

岛隧工程，全球首创

港珠澳大桥的岛隧工程是世界首例深埋沉管，沉管隧道首次做到无一处漏水。

岛隧工程，是港珠澳大桥建设的难中之难。

从上空俯瞰港珠澳大桥，巨龙在离岸20多公里处倏忽隐没，再在6公里外腾空而起，连接两端的小岛状似蚝贝，工作人员都亲切地称其为“贝壳岛”。

贝壳岛不简单。在外海“无中生有”造出两座面积10万平方米的小岛，且当年开工、当年成岛，创造了世界纪录。“我们首创了外海深插超大直径钢圆筒快速筑岛技术，仅用了221天就完成两岛筑岛，缩短工期超过2年，还实现了绿色施工。”苏权科介绍，采用传统的抛石填海、围堤筑岛技术，工期长达3年，会对周边环境及航道产生极大影响。科研人员设计了多个方案，最后探索出外海快速筑岛技术，即采用120个巨型钢圆筒直接固定在海床上插入海底，再在中间填土形成人工岛。“每个圆筒直径有22米，大概和篮球场一般大；最高达51米，相当于18层楼高；重达550吨，与一架A380‘空中客车’相当。”

海底沉管隧道，同样也是庞然大物。5.6公里的沉管隧道由33个巨型混凝土管节组成，每个管节长180米、宽38米、高11.4米，重量达8万吨。

“要让这些管节在海底软基环境下对接安放，难度堪比航天器交会对接，需要精准的遥控、测绘、超算等一系列技术支撑。”沉管隧道设计与施工关键技术课题研究负责人徐国平介绍，在水下近50米建设深埋沉管隧道，在国际上也被视为“技术禁区”。港珠澳大桥的岛隧工程是世界首例深埋沉管。“传统沉管隧道都是‘浅埋’，但港珠澳大桥的沉管顶部荷载超过传统沉管5倍，如果按照国外经验，采用节段式管节（柔性），有可能出现接头抗力不足、接头漏水等风险。”徐国平说，技术人员最终从理论上揭示了深埋沉管结构体系受力及变形机理，创新提出“半刚性”沉管新结构。这一方案与国外专家提出的“深埋浅做”方案相比，节省了工期。

“沉管隧道建成后，会不会渗水是成败的关键。因为33个管节之间有大接头，每个管节又有7个小接头。地基的不均匀沉降、剪力键的结构、止水材料的性能以及地震等因素，都有可能导致隧道漏水。”徐国平说，为了攻克这些难题，他们与多个单位合作攻关，就连制作止水带的材料也用了两年多时间自主研发。“国外类似沉管接头的正常漏水率是5%~10%，半刚性结构改善了沉管结构的防水性能，港珠澳大桥沉管隧道首次做到了无一处漏水。”

精品大桥，百年工程

能抗16级台风、7级地震，设计寿命长达120年。

作为世界最大的钢结构桥梁，大桥仅主梁钢板用量就高达42万吨。“这相当于10座鸟巢或60座埃菲尔铁塔的重量，能抗16级台风、7级地震。”苏权科说，大桥的钢桥面铺装面积达到50万平方米，也创造了世界纪录。

更让人惊叹的，是这座大桥全部采用了“搭积木”的方式来建造。港珠澳大桥的所有构件，无论大小，包括上千吨重的桥墩、桥身和100多米高的桥塔，都是在岸上工厂整件制造，然后运至海上，像“搭积木”一样拼装在一起，实现了精密制造、精密安装。

“港珠澳大桥在设计之初就确定了‘大型化、工厂化、标准化、装配化’的理念。”港珠澳大桥管理局副局长余烈表示，施工现场紧邻航道，每天来往船舶4000多艘，为了满足工程质量、工期和安全的需要，也为了更好地保护生态环境，采用了这种全新的大桥建设模式。“海上组装可以降低海上恶劣气象条件对施工的干扰，降低对生态环境的破坏。岸上预制则让大型成套设备、先进生产工艺有了用武之地。”

苏权科感慨地说：“如果不是国家的整体科研和装备实力到了这一步，做这样的整体设计是不可想象的。”

港珠澳大桥要做精品工程，设计寿命达到120年，这在我国桥梁史上是从未有过的。“海工环境下，钢桥面疲劳开裂和混凝土海蚀早期破坏是行业通病，要建成一流工程，必须借助科研的力量来攻克这两大行业痼疾。”作为港珠澳大桥国家科技支撑计划课题之一——“混凝土结构120年关键技术”的负责人，王胜年带领团队进行攻关，从理论、技术、材料、工艺等多方面着手，做出了适合港珠澳大桥的耐久性设计。

港珠澳大桥也是绿色工程。施工之初，最让人揪心的白海豚仅有1400

头；主体工程完工后，白海豚增加到1800头。“这也是国家科技支撑计划的子课题，我们与中国科学院水生生物研究所、中山大学、交通运输部规划研究院合作，组建团队，300多次出海跟踪，拍摄30多万张照片，对海域内1000多头白海豚进行了标识，并摸清白海豚生活习性，在施工时采取针对性保护措施。”余烈说，出海时能看见白海豚，是吉祥如意的象征，工人们既期盼偶遇白海豚，又会刻意避开，让它们少受干扰。

（摘自《人民日报》2018年1月26日）

黄大年的“万有引力”

王梦影

很多人说他是“纯粹的知识分子”，因为他“什么职务也不要，就想为祖国做些事”；也有很多人说他是“另类的科学家”，因为他对待科研只有一句“我没有敌人，也没有朋友，只有国家利益”。

2017 年 1 月 8 日，地球物理学家黄大年终于停下了追赶的脚步。胆管癌手术后的并发症将他的生命定格在 58 岁。

自 2010 年回国以来，这位“千人计划”科学家一直在向前冲。他那位于吉林大学地质宫 507 的办公室墙上贴着 12 张 A4 纸拼成的日程表，表上几乎每个格子都填满了。没人知道这张时间表的全貌，这个敦实的中年男人也很少谈起。航空重力测量技术可能是这张表格中的重要部分。

据吉林大学地探学院副教授马国庆介绍，地球的磁场是一张大网。“磁场之网”亿万年来绵延过海底与平原，记录着永不磨灭的信息，也能捕捉到雷达静默的潜艇尾旋掀起的细沫。

科学家通过重力计算“磁场之网”的信息，我国在这方面的理论也有所发展，但难点在工程应用上。重力梯度仪搭载在飞机上，需要在高速移动中对地穿透，精确感知毫厘之差。

2004 年，作为英国剑桥 ARKeX 地球物理公司的研发部主任，黄大年就曾与美国专家联手攻关。他手下是一支包括英国科学院院士在内的 300 人的精英团队。

3 年后他回国，马国庆是他带的第一批博士生之一。师徒二人共同研发中国自己的重力梯度仪。项目中还有一些更年轻的师生，他们中大多数人是第一次接触这种技术。

他们在地质宫拥有一间办公室。黄大年对这间办公室很满意，他凭窗眺望，能看到少年时代的风景。可屋子毕竟太老了。有一次地探学院党委书记黄忠民雨天拜访，看见电脑和重要资料上蒙着塑料布，房间四角有塑料盆接着滴答滴答的水。

“都这样了，你干脆回家休息吧。”黄忠民乐了。

“不行啊，工作干不完。”

黄大年去世前，团队对于重力梯度仪的研究已到了工程样机阶段。在数据获取的能力和精度上，我国与国际的差距至少缩短了 10 年，在算法上则达到了与国际持平的水平。

回国不到一年，黄大年就急着和吉林大学机械学院的老师联系，想要联合研发重载荷物探专用无人机，用于移动平台探测。

居然就让他谈成了。

在马国庆眼中，老师有着西方式的直接，“执行力超强”，很少浪费时间斟酌成功率。会议上遇到感兴趣的专家，一定要拦住人家聊聊，不管认不认识。遇到想不明白的问题，也总要千方百计去找懂行的请教。

黄大年的尝试不止于此。他涉猎颇杂，对很多前沿领域的发展都有兴趣。在他心里，又有太多学科可以与地球物理发生联系。2016 年 9 月，一个由辐射地学部、医学部、物理学院、汽车学院、机械学院、计算机学院、国际政治系等组成的吉林大学新兴交叉学科学部成立，黄大年担任了首任学部长。

“大年的这个战略设想涉及卫星通信、汽车设计、大数据交流、机器人研发等领域的研究，可在传统学科基础上衍生出新方向，有望带动上千亿元的产业项目。”现任吉林大学新兴交叉学科学部副学部长马芳武曾这样评价。

卢鹏羽是这个学部的首批受益者之一。这位吉林大学硕士生既是地探学院的一员，又在计算机学院做科研。他的工作是结合地探数据，利用计算机建模，将地球磁场的大网变成视觉图像。

横跨两个专业，卢鹏羽一度有点迷惘：面对的图景太过宏大，未来又太遥远，不知道自己的位置在哪里。他最终选择朝导师指明的方向追赶。几年下来他发现，自己没走丢。

“黄老师是一个实用的理想主义者。”卢鹏羽想了一会儿说。

2010 年，黄大年出任吉林大学“李四光实验班”的班主任。这个班级选拔本科学生，旨在培养一批地探科学的预备军。英语水平是选拔考试的重要标准之一。这位新晋班主任常常请地探领域的国际牛人来长春，为自己的学生讲课。

“一定要出去，出去以后一定要回来。”这是黄大年经常挂在嘴边的一句叮嘱。

学生周文月有时觉得，老师脑海中的时间表已经超过了他的生命长度，他在学生身上寄托了一个更宏大的未来。

本科毕业论文，周文月定了一个特别大的题目：汶川地震的地球磁场研究。黄大年很认可：国家需要这样的研究！他清楚这个题目对于一个本科生来说难度太大，便拜托马国庆出差时收集数据供周文月使用。

“他就是要把我领进门，让我体验一下有价值的研究是什么样的。”她慢慢反应过来。

和时下的风潮不同，黄大年的学生从不管自己的导师叫“老板”。惜时如金的黄大年也从不吝啬和学生在一起的时间。他们在地质宫暗黄色的水晶灯下高呼着号子拔河，在初春的巷口烧烤——黄大年还特意把车子开来挡住风，车载音响放起《斯卡布罗集市》助兴。他爱摄影，去哪里总是背着沉重的器材，指挥着大伙摆造型。

在黄大年这里，只有一件事是开不得一点玩笑的——科研。黄大年给周文月博士论文的批注总是密密麻麻，连标点符号的错误都逃不过他的眼睛。一次正讨论时，黄大年突然一把盖住摊开的论文，笑嘻嘻地问她：“你别看，记得我改了什么吗?”

后来周文月才知道，黄大年少年时期与父亲通信，信总是被批注得密密麻麻再连同回复一并寄回。再相见，在广西地质学校做老师的父亲也常这样突然盖住被改过的信，问：“你别看，记得我改了什么吗?”

2016 年 11 月 29 日，黄大年在北京飞往成都的飞机上昏了过去。回长春后，他被检查出胆管癌。在他生命最后的岁月里，护士长常发现这位教授在用力思考：躺在床上背对着门，身体绷得像拉满的弓。

黄大年去世后，马国庆接手了老师一系列未完成的工程。他离开实验室的时间越来越晚，午餐也总是以面包充饥。师弟师妹私下觉得，这位总爱开玩笑的大师兄神态越来越像老师了。

周文月最近则常常忙于接待——采访和参观的人太多。她每天清早起床，推迟回宿舍的时间，用早晚的时间把科研工作补上：“怕黄老师看到我懈怠。”有时深夜寂静，走廊黑黢黢的，只有自己的办公室亮着灯，她想起黄大年常说的“地质宫里有中国地探科学的灵魂”便十分安心。她正在稳步推进“一定要出去，一定要回来”的前半部分。这位“李四光班”的学生从地质宫的窗口望出去，正是恩师少年时注视过的盛夏光景。

（摘自《中国青年报》2017 年 7 月 13 日）

女排精神，本身就是金牌

怀左同学

1

就在刚才，中国女排3比1拿下塞尔维亚女排，时隔12年后，再一次拿到了奥运金牌！

2004年，中国女排在落后两局的情况下连扳三局，力克俄罗斯女排，夺取奥运会金牌；12年之后的今天，中国女排再一次过关斩将，重回奥运之巅。

每一场淘汰赛都那么激动人心，win or go home!

真的，走到今天，并不是为了证明我们有多么了不起，我们只是想告诉别人，失去的，就一定要拿回来。

2

其实在这届奥运会上，中国女排实力并不是最强的，在小组赛 0 比 3 被塞尔维亚队打败时，我对中国女排，并没抱多大希望。

但女排没有放弃，郎平更没有放弃，打败巴西，中国沸腾了，我们仿佛重新回到 80 年代，唤起了女排的拼搏精神，胜利，或许就在不远的前方。

战斗到最后，女排精神告诉我们：女排是打不倒的。

赢了一起狂！输了一起扛！女排最后的胜利，已经完全超越了金牌本身的意义，什么是永不言弃，什么是战斗到底？

这就是！

有一种感动，叫女排回归。

3

在小学的一篇课文上，我第一次知道了中国女排。当时我记住了一个人："铁榔头"郎平，也记住了一句话：外行看热闹，内行看门道。

为了也可以看懂门道，我开始关注中国女排的比赛。

2004 年奥运会，在中国女排落后两局的时候，我记住了陈忠和的微笑。

3 比 2 惊天大逆转，那一刻我才真正了解了中国女排，她们永不言败，她们从不张扬，只专注于比赛本身，她们每一场比赛传递的精神气质，正是我们国民精神最深处的力量。

女排是一面旗帜，女排精神激荡着整个神州大地。

不畏强敌，奋力拼搏。

4

20 世纪 80 年代的中国女排创下了世界排球史上第一个“五连冠”的比赛记录，“铁榔头”成了家喻户晓的偶像。今天女排再次夺冠，赛场边最忙碌的，是已年过半百的“铁榔头”。

现在的她，本已经誉满天下，完全可以在家享清福，但还是毅然扛起了中国女排的大旗，倾注了自己的所有心血。

很多次比赛，我都不知道女排是否可以获胜，但每次看到郎平，我便觉得胜利并不是遥不可及。

我不太相信奇迹，但我相信郎平，相信中国女排。

“铁榔头”最后也哭了，或许我们并不是最强的，但我们一定是最顽强的。

不抛弃，不放弃，关键时刻，死磕到底。

5

今天中国女排的胜利，已经完全超越了金牌，超越了冠军的意义。

在今天，女排再一次让我们泪流满面，不怕强敌，敢于亮剑，这才是我们每一个中国人该有的精气神。

谢谢女排，为我们奉献了一场伟大的比赛，伟大的胜利。

谢谢女排，让我们再一次看到了中国的精气神。

我们追求金牌，其实，女排精神，才是最好的金牌！

（摘自“简书”，2016 年 8 月 21 日）

致 谢

早春三月，北国大地上虽然还没有呈现出“春暖花开，柳絮飘飞”的景象，但晨曦中南来北往的沸腾人流却能让人感觉到春潮的阵阵涌动。新的生活就在此间迸发，返校、返城、返队、返程的人们怀揣着新的梦想，迈开新的步伐，向着明媚的春天出发。而此刻的我们也正是这沸腾人流中的一员，开启了我们新的征程。

今年我们将喜迎共和国的70华诞。这是一个让人感受温暖与幸福的时刻，作为一名出版人，从去年开始我们就想以出版人的独特方式来表达对伟大祖国的真诚赞美和衷心祝福，为此特意策划了《读者丛书·国家记忆读本》。这是继《社会主义核心价值观读本》《中国梦读本》成功出版发行之后，甘肃人民出版社策划的第三辑“读者丛书”。丛书以时代为主线，以与人民最密切相关的衣食住行等生活变迁为切入点，以朴素而温情的独特记忆去回望和见证共和国70年的历史风云、发展变迁,让读者既能重温共和国成立初期虽然物质匮乏但理想崇高的激情岁月,又能感受到改革开放的春天到来以后,祖国大地生机盎然、蓬勃向上的巨大变化,更能体会到新时代以来追梦路上人民的新气象和新面貌。

和以往出版的两辑读者丛书一样,《国家记忆读本》在策划、编辑出版过程中,得到了中共甘肃省委宣传部、甘肃省新闻出版局以及读者出版集团、读者杂志社等多方的指导和帮助,在此深表谢意!与此同时,丛书的编选也得到了绝大多数作者的理解和支持,他们对作品的授权选编和对丛书的一致认可使我们消除了后顾之忧,对此我们表示诚挚的谢意!虽然我们尽力想把工作做得更细致更扎实些,但因为种种原因依然未能联系到部分作者,对此我们深表歉意,也请这些作者见到图书后与我们联系。我们的联系方式是:甘肃人民出版社(甘肃省兰州市读者大道568号,730030,联系人:张菁,15719333025)。

在这春潮涌动、春天的脚步越来越近的时刻,《读者丛书·国家记忆读本》的出版发行,既是我们送给祖国母亲70华诞的一份献礼,也是我们出版人和读者人的一份责任与担当。我们带着对祖国母亲的祝福在新的一年里出发,追寻更加精彩纷呈的人生,迎接春的到来!

读者丛书编辑组

2019年3月